FOLIO POLICIER

Franz Bartelt

Le jardin du Bossu

Gallimard

Franz Bartelt vit dans les Ardennes. Il est l'auteur d'une dizaine de romans dont *Chaos de famille*, paru à la Série Noire.

Il était là, le con ! Rond comme un bidon. Entouré d'une flopée d'ivrognes encore plus saouls que lui. Je ne l'avais jamais vu en ville. J'ai demandé au Gus qui c'était. Il n'en savait rien. J'ai recommandé une bière. Le type se vantait. Il ne parlait que de son pognon. Il en avait, puisqu'il payait les tournées en sortant de sa poche des poignées de billets. Il refusait la monnaie. Il s'y croyait. Le con. Ah, le con !

Le Gus m'a dit qu'il était déjà saoul en arrivant. Il avait touché la paie ou quoi ? Il buvait du blanc limé. De temps en temps, il se levait et chantait une connerie. Il y a connerie et connerie. Les siennes, c'était des conneries de l'ancien temps. On n'y comprenait rien. Des histoires de drap du dessous, que c'est celui qui prend tout. Qu'est-ce que ça voulait dire ? Il retombait sur la chaise, comme un sac. Il se remettait à parler de son pognon. Il en avait des tas. Stocké dans le tiroir de la salle à manger. Tout en liquide.

« T'as pas peur de te faire attaquer ? a demandé un des gars.

— J'ai peur de rien, qu'il a rétorqué en se bombardant la poitrine à coups de poing. Je suis pas du genre à me laisser faire. À jeun, je peux réduire un bœuf en charpie d'un seul coup de dent !

— Ce soir, t'es pas à jeun !

— Quand je suis bourré, c'est pire. Je démolis un troupeau rien qu'en lui pissant dessus. J'ai peur de rien. J'ai mes trucs. »

Il avait plutôt l'air d'un minable. Propre, mais d'une propreté étroite, petit anorak, petit pullover, petit pantalon à plis, petits mocassins. Coiffé comme un guichetier de la sécu. Une tête de bon élève, avec des petits yeux, un petit menton, une petite bouche, un petit front, des petites oreilles, des petites joues, un petit nez. À un moment, hilare il s'est tourné vers moi. J'ai cru qu'il voulait me dire quelque chose. Mais son regard a monté jusqu'à l'horloge murale, au-dessus de la porte. Il ne s'est pas arrêté sur moi. Il était trop à ses conneries.

C'est le mot « pognon » qui m'a sonné dans la cervelle. J'étais dans une mauvaise passe. Le pognon, moi j'en ai pas grand-chose à secouer. Je vis de l'air du temps. C'est dans mes idées. Je n'aurais pas prêté attention à ce que le con disait à propos de son pognon si je ne m'étais pas engueulé avec Karine l'après-midi même. Deux heures avant, pour être précis. Toujours la même histoire : le pognon. La femme, c'est que du ventre, quand on y réfléchit. Pas le moindre idéal. Pas d'idée un peu altière. Une philosophie au ras de l'assiette et à hauteur du lit. Elle veut le beurre sans se soucier de la vache. Le drap, la serviette, le mouchoir, voilà Karine. À l'entendre, on croirait qu'elle n'a que le mot « pognon » à son vocabulaire. Ça lui revient sans arrêt. Même la nuit. J'ai déjà vu qu'elle se réveille en gueulant :

« Pognon ! Pognon ! »

Drôle de mentalité. Moi ça me choque, je suis basé sur l'idée de gauche. Je suis tellement en faveur des pauvres que pour rien au monde je ne voudrais devenir riche, même par des moyens légaux. Un jour, j'ai gagné une patate au loto. Je voulais pas aller la chercher. C'était du pognon, ça ne m'intéressait pas. Mais j'y suis allé, à cause de Karine. Elle voulait tomber malade. Elle l'aurait fait.

« Une patate, tu te rends pas compte ! qu'elle disait.

— Je veux pas me rendre compte, je lui disais.

— Pourquoi que tu joues, si c'est pour pas prendre ton pognon quand tu gagnes ? »

J'ai bien vu qu'elle aurait toujours raison. Elle a fait l'école ménagère, elle ne se laisse pas contrarier. Elle a des notions d'économie. Son rêve de jeunesse, c'était de devenir capitaliste. C'est très féminin, comme rêve. Toutes les filles que j'ai connues auraient aimé en tâter. Elles fantasmaient en dollars, comme à la télé. Je n'ai rien contre, mais c'est pas dans mes idées.

Bref, j'ai pris la patate du loto. Karine n'a jamais été aussi amoureuse que ce soir-là. Une folle. Elle a commis des exactions sur mon corps. Des choses qui la dégoûtaient d'habitude. Vraiment la débauche, l'orgie américaine. Aucune pudeur, aucune retenue, la bête en rut, mordant l'oreiller, grimpant aux rideaux, labourant le mur à coups d'ongles, incroyable, tel que je l'explique là. Je la reconnaissais à peine. La patate me l'avait changée.

Pour moi, c'était bien aussi, évidemment. Je garde de ce soir-là un souvenir transcendant. Mais le lendemain, dans un accès de méditation, je déplorais amèrement ce que le pognon avait fait de nous. Je réalisais. Il n'y aurait eu que moi, j'aurais pris la patate et je l'aurais fichue à la poubelle. On n'en parle plus ! Mais il n'y avait pas que moi.

Moi en tant que démocrate, j'estime que dans un couple la femme a son mot à dire, même si ce n'est que le mot « pognon ». De Karine, je n'attendais rien d'autre. Elle est pour le pognon et moi je suis pour Karine, donc je ne peux pas être contre le pognon. Certes, en mon for intérieur je n'en pense pas moins, au contraire. J'ai mes principes. Mon jardin secret. J'accepte le pognon par amour pour Karine. Quand on aime une femme, on aime ce qu'elle aime. Normal.

Voilà, en gros, pourquoi j'ai suivi le con quand il a quitté le bistrot du Gus. Je lui ai laissé trois minutes. Dans l'état où il était, il ne pouvait pas prendre tellement d'avance.

De fait, quand je suis sorti, il avait tout juste traversé la rue et il se cramponnait à la cabine du téléphone. Je suis sûr qu'il n'avait pas loin d'une demi-patate sur lui. Je ne voulais pas lui faire de mal. Quand on est fondé sur l'idée de gauche, on respecte l'être humain. Je n'avais pas de plan. Je me disais que je n'avais qu'à m'approcher de lui, lui faire les poches, taxer le pognon et partir en sifflotant, décontracté. Il ne se serait aperçu de rien. Il ne tenait plus sur ses jambes. Il ne voyait plus clair. Il avait les yeux dans le plâtre.

Un peu plus haut, dans la rue Jean-Jaurès, une rue de gauche, je connaissais un petit renfoncement qui servait de parking à une imprimerie. Un endroit parfait pour organiser une mauvaise rencontre. Peu de lumière, pas de fenêtres. Même si le con se mettait à appeler au secours, on ne l'entendrait pas, sauf si quelqu'un passait dans la rue au moment crucial. Risque limité à cette heure de préoccupation cathodique.

Honnêtement, j'ai eu une pensée pour Karine. C'est à elle que je dédiais cette attaque. Elle serait heureuse, elle me pardonnerait, on retrouverait nos manières dégoûtantes. Je la revoyais me faire ce qu'elle m'avait fait. Karine, quand elle veut, elle veut. C'est pas une femme pour rien.

Le con grognait dans la rue, en se traînant contre les façades. Il prenait son temps. Jamais je n'avais vu un type aussi saoul que celui-là. À gauche comme à droite. Je ne voyais pas sur quelle idée politique il pouvait être basé pour se saouler au point d'en perdre toute sa dignité humaine. Peut-être un sans opinion.

L'air frais le réveillait lentement. Il se cognait toujours au mur, mais il ne tombait plus tous les trois mètres à genoux dans les pisses de chien. Je ne sais pas pourquoi j'ai tâté ma poche, à la recherche de mon couteau. Un pressentiment. En même temps, l'image de Karine s'est imposée devant mes yeux, dans le noir, juste sur le mur en briques, comme une apparition de la sainte Vierge. Elle dégoulinait d'aptitudes lubriques. Elle relevait sa robe, me montrait des choses troublantes, qu'elle agençait avec ses doigts et qu'elle accompagnait de soupirs. C'est triste à dire, mais je suis sensible à ces promesses de l'imagination. Franchement, je n'aurais pas voulu être à la place de mon pantalon.

C'est à ce moment-là, à cause de ces visions, que j'ai revu mon plan à la hausse. C'est là que j'ai décidé de suivre le con jusqu'à chez lui. Il s'était vanté d'avoir du pognon plein sa maison. C'était peut-être vrai. Dans les bistrots, le type qui a bu ne fait plus la différence entre un billet et une liasse. Il tend à la fanfaronnade. Au vingtième verre, il se prend pour la Banque de France. Au trentième, il raconte partout qu'il est suisse. Au quarantième, il parle avec l'accent luxembourgeois.

Celui-là, le con, je ne savais pas combien il en avait bu, mais ce qui était sûr, c'est que pour se mettre dans un état pareil il avait dû se commencer de bon matin. Il y a des natures.

Mais, pour les billets, il disait peut-être vrai. Il bafouillait avec l'accent de la vérité. J'ai parié qu'il disait vrai. Mon côté pascalien.

Moi, quand j'avale, j'arrête entre trente et quarante. Toujours de la bière. Pas de mélange. Trente ou quarante bières, il y en a assez pour voir le monde en couleurs, je crois. Plus, ça serait du vice, de la drogue, une mauvaise pente. L'alcool, mieux vaut ne pas s'y habituer. En tant que basé sur l'idée de gauche, je suis de la matière qui a pris conscience d'elle-même. C'est pas le cas de l'homme basé sur l'idée de droite. Celui-là, il se voit fils de Dieu, créature du ciel, descendant les fleuves impassibles dans l'arche de Noé. Des légendes. En tant que matière qui a pris conscience d'elle-même, je suis sensible à l'humidité. Je gonfle comme du bois. Je flotte pareil. Mais, prudent et responsable, je m'interdis de naviguer par gros temps. Au-dessus de trente bières, le risque de coup de vent n'est pas négligeable. Très peu pour moi. Je suis un partisan de la raison raisonnable.

Le soir du con, j'avais pas passé les douze, treize bibines. Sans pognon, j'étais limité dans ma soif, forcément. Karine me l'avait assez reproché. Elle m'avait dit des horreurs. Elle m'avait rabaissé plus bas que terre. À la fin de sa colère, elle m'avait mis le marché en main :

« Tu ramènes du pognon, tu rentres à la maison. T'en ramènes pas, c'est pas la peine de remettre les pieds ici. »

Il n'y avait plus un rond dans la baraque. Une semaine plus tôt, j'avais revendu quelques téléphones portables qu'on gardait en tant que poires pour la soif. Et puis les affaires étaient tombées dans le creux de la vague. C'est de plus en plus difficile de voler sans se donner trop mal. J'ai piqué des enjoliveurs de bagnole, des rétroviseurs, mais c'est du gagne-petit, à peine de quoi survivre à la grâce des haricots en boîte. De nos jours, la vie devient dure.

Le con m'a conduit rue du Pont-de-Pierre. J'avais déjà eu affaire dans le coin. Pour écouler deux, trois vélos et des mobylettes, chez un ferrailleur, bossu de son état, et qu'on surnommait Chicos, parce qu'il avait la bouche comme une ornière. Le con habitait juste en face, une grosse bâtisse isolée et qui sentait le pognon. Au bistrot, il avait dit qu'il vivait seul. J'avais mon plan. Je le laissais rentrer chez lui. Je m'introduisais subrepticement. Saoul comme il était, il n'avait qu'une chose à faire, logiquement, c'était de s'écrouler sur son lit et de ronfler. J'en profitais pour visiter les tiroirs de la salle à manger. Je ramassais le pognon, s'il y en avait. À ce moment-là, j'hésitais encore sur la suite. Fallait-il que je pique ce qu'il avait sur lui et que j'avais vu, quasi une demi-patate, trois semaines de stupre avec Karine, heureuse, jouasse, amoureuse de son homme. Ça ne pouvait pas se dédaigner.

Le couloir s'est allumé. Le con a dû monter l'escalier sur les genoux, parce que la lumière de l'étage a mis un temps fou avant de foutre les fenêtres. Je guettais en réglant ma respiration sur le rythme de mes pensées, qui est lent et profond. Le couloir, l'étage se sont éteints. Il s'est écoulé cinq minutes avant que les fenêtres des chambres signalent l'intention du con de se

17

mettre dans les draps. Est-ce qu'il était passé par la salle de bains ? Est-ce qu'il avait fait ses besoins ? Il était trop plein pour se laisser effleurer par des coquetteries comme celles-là. C'était le genre à se vider au lit, comme un salaud, et à chialer toute la journée du lendemain, parce qu'il regrettait. Ces types-là culpabilisent à mort. Ils se retournent la cabane sur le dos et dès que le jour se lève ils sont déprimés. On en a vu qui se suicidaient. L'homme boit, et c'est l'homme qui a bu qui trinque. Surtout chez les pauvres petits mecs comme celui-là. J'en étais à le plaindre. Humain, trop humain.

Il devait encore jouir d'un peu de lucidité, car j'ai vu la fenêtre renoircir. Un mec bourré qui s'écrase au lit en pensant à éteindre la lumière, chapeau, on peut dire que c'est un consciencieux, un mec qui a le troisième œil. Pas de hâte. J'ai attendu qu'il sombre vraiment dans son premier sommeil, qu'il soit englué dans son sirop nocturne. Ouvrir une porte est un jeu d'enfant pour moi. Je fais ça avec une agrafe de stylo. C'est une technique à part, qu'un Belge m'a enseignée. Un Belge basé sur l'idée de gauche. Il y en a. C'est comique, mais il y en a.

Dès que j'ai poussé la porte, les ronflements du con m'ont sauté aux oreilles. Il développait ses décibels, les murs en tremblaient. J'ai carrément allumé la lumière. Le cambriolage exige de l'audace et de la lumière. Je me disais que si Karine avait pu me voir, elle aurait été fière de moi, des risques que je prenais pour elle, de la décontraction avec laquelle j'opérais et qui signalait la compétence. J'y allais d'autorité. En passant devant une glace, à l'entrée de la salle à manger, je me suis souri en m'adressant un petit signe de la main. Le con bousillait le silence de la nuit. Il emplissait l'air de vibrations saumâtres. J'avais l'impression de m'être parfumé au blanc limé. Je le suivais à la trace, à l'odeur. Il avait laissé des empreintes de rots partout. Terrible, les nains qui ne savent pas boire sans puer. Moi, bourré, je ravale. Rien ne s'échappe. Je ne répands que des fragrances d'eau de toilette. Il y a trois ans j'en ai piqué une bonbonne de cinq litres chez un parfumeur. Du velu. Un truc qui tient au corps comme avec des chevilles à béton. Karine aime bien. Elle trouve que ça fait riche. Elle a été jusqu'à m'obliger à me brosser les dents avec, pour que mes baisers lui rappellent mon odeur. Au fond, elle est perverse. Souvent, la femme qui penche pour le capitalisme est perverse. Je ne m'en plains pas, j'y trouve mon compte. On peut être basé sur l'idée de gauche et n'en être pas moins un homme. L'idéologie est compatible avec les sentiments.

C'était très bien chez le con. Ça chourpouillait le vomi de blanc limé, mais le décor en crachait.

Des tableaux encadrés avec de l'or, des meubles du temps de Clemenceau, des statues en bronze. Et de la place. C'est surtout ça qu'on voyait en premier : la place. Une pièce grande comme un appartement. Sur la question du fric, le con ne s'était certainement pas vanté. Il fallait qu'il ait de la tirelire pour entretenir un palais aussi classe. L'exercice de l'effraction commande qu'on ne perde pas de temps, mais là, dans cette espèce de musée magnifique, je me suis offert la liberté de me baguenauder, en esthète, d'une œuvre à l'autre.

J'ai du goût pour ce qui est dessiné. À l'école, j'étais bon aux crayons de couleurs. Je ne dépassais jamais. J'étais fort pour les escargots. Je les dessinais de mémoire. Ressemblants. À l'échelle. Le plus dur dans l'escargot, c'est quand la coquille penche, ça fausse la perspective. Il faut ombrer pour faire comprendre que l'escargot penche. C'est rare que sur l'escargot la coquille soit droite. Les peintres la représentent toujours bien droite, d'aplomb. Des fainéants. Ils n'y connaissent rien. La coquille de l'escargot, c'est penché. Le dessin de la coquille de l'escargot, ça doit aussi être penché. Question d'honnêteté. Même pas : question de respect pour le gastéropode.

Il n'avait pas menti, le con. Le tiroir du buffet contenait un paquet incroyable de pognon. J'ai plongé les mains dans ce fouillis miraculeux. Il y en avait pour trente ou quarante patates. Du mélangé. De la petite coupure, de la grosse, de la moyenne. Toutes les images possibles. Certaines que je n'avais même jamais vues à la télé ou en photo dans le journal. Des vrais gros billets de droite. Les pauvres n'en gagnent qu'un par mois, quand ils travaillent. Karine, je lui en glisse un dans la petite culotte, elle mouille pendant trois jours. En palpant le pognon, c'est à elle que je pensais.

Dès que je vois du pognon, je pense à ce que je peux me payer, à ce qui me ferait plaisir. Pour moi, il n'y a que Karine. Penché sur le paquet de pognon, j'étais penché sur son corps alangui et tordu par les enchantements de la cupidité. J'ai regretté de n'avoir qu'un sac en matière plastique, un reste de la supérette où j'avais chouré mon dernier pack de bière, il n'y avait pas trois jours. Il allait falloir tasser. J'ai rangé les billets, en essayant de trier les plus gros. Il y avait de quoi être sur les nerfs. Mon cœur, pourtant rompu à toutes les canailleries, battait un genre de breloque qui transmettait des frémissements à mes intestins. Le bruit du papier m'excitait, probablement. Il ne me serait pas possible d'emporter tout. Même après avoir rempli mes poches, ma chemise, mon slip, mes chaussettes. J'ai jeté un coup d'œil dans la pièce, pour voir s'il n'y avait pas un sac, un cabas, un truc en osier ou en tissu, dans quoi j'aurais pu vider le contenu du tiroir. D'un autre côté, laisser du pognon quand on peut tout emporter relève d'une excellente mentalité. L'authentique voyou fauche la totalité. Le délicat accepte des concessions. Il y a voleur et voleur. D'un autre côté encore, quand on vole par amour pour une femme, plus on en vole et plus on prouve l'ampleur et l'étendue de son amour. D'un autre côté enfin, en tant que basé sur l'idée de gauche, je dois garder présente à l'esprit la notion de partage. Il ne s'agit pas de voler pour voler ou de voler pour s'enrichir, mais de voler pour mieux répartir les richesses, pour établir une société plus juste et une justice plus sociale. C'est aussi bête que ça.

Le sac était rempli. J'en avais compacté autant que je le pouvais. J'étais tellement concentré que je ne m'étais pas aperçu que le con avait cessé de ronfler. En général, ça ne veut rien dire. Le ronfleur passe par des séquences où il ne ronfle pas. Toutes les femmes de cheminots peuvent en témoigner. J'ai tendu l'oreille. Il ne ronflait plus. J'ai hésité. Mon premier réflexe avait été de filer à l'anglaise, emportant les neuf ou dix patates contenues dans le sac. Je n'ai pas eu le temps d'envisager un second réflexe. Le con était campé au milieu de la pièce. Il me regardait en souriant. Je ne voudrais pas être vulgaire, mais pour un mec qui ne joue pas au billard, j'avais les boules.

Le con n'était pas plus saoul que moi. Il se tenait droit et solide sur ses jambes. Je me suis dit que c'était son jumeau.

« Avez-vous trouvé ce que vous cherchez ? » il m'a demandé.

Je me suis souvenu du couteau dans la poche de ma veste. Avec un peu d'astuce, j'arriverais à le dégainer à temps. Ce n'est pas dans mes idées, de démonter un homme à coups de lame, mais il y a des circonstances où la vie ne nous laisse pas le choix. Le con était plus petit que moi. Il avait l'air aussi dénué de muscles qu'un manche à balai. En plus, il n'avait pas le regard méchant.

Évidemment, c'est mieux de planter un méchant, ça fait moins de peine, on a l'impression de participer à une opération ville propre. Le con était gentil. Tout en lui respirait la gentillesse, le calme, l'altruisme. Il me parlait avec douceur, en articulant soigneusement, de sorte à ce que je ne perde pas une miette de ses conneries. Il m'a même demandé si j'avais besoin d'aide. J'ai refusé, bien sûr. D'un point de vue basé sur l'idée de gauche, il n'est pas moral que la victime prête la main au préjudice qu'elle subit. À choisir, j'aurais préféré m'affronter à une grosse brute puante. À vaincre sans péril, on triomphe sans gloire, dit la chanson. Massacrer un gentil, vraiment j'y allais à contrecœur. Je n'avais encore jamais assassiné personne, même par inadvertance. Je ne savais même pas si ça me plairait.

Il y a des tueurs qui ont le don dès leur plus jeune âge. À un an, ils étranglent des serpents dans leur berceau. À douze ans, ils ont anéanti père et mère pour s'emparer du livret de caisse d'épargne. Ensuite, ils déciment les femmes sous des prétextes d'une parfaite mesquinerie, température de la soupe, chaussette mal repassée, protestation domestique. Grave. En ville, il y en a plusieurs comme ça, avec qui les femmes ont eu tort de plaisanter par négligence.

Sur le fond, je leur donne raison. Un homme est un homme. Sans respect, il n'est plus qu'une bête. Mais sur la forme, attention, on est en droit de discuter. Se priver d'une épouse charmante, agréable à coucher et qui sait se contrôler au niveau des nerfs est abusif. C'est mon opinion. D'autant que tout le monde a le droit à une seconde chance, j'estime, quelle que soit l'infraction. Que la soupe soit trop salée ou pas assez épaisse n'a rien en soi de tellement dégradant pour un mari ou pour un compagnon, même chatouilleux au chapitre de la dignité masculine.

Karine me fabrique parfois des mixtures dont elle n'a pas à être fière, en tant qu'ancienne de l'école ménagère. Je les avale en essayant de me régaler. Si j'étais sévère, je la pendrais par le cou au cordon des rideaux. Les tribunaux donnent rarement tort au gastronome. Plaider la soupe froide attire toujours la sympathie des jurés. Ils connaissent. Chez eux, ils n'ont pas le courage de sévir avec fermeté, par crainte du qu'en-dira-t-on. Dès qu'une femme est étranglée par son mari, la province jase. L'envie de tuer ne pèse pas lourd devant la peur du qu'en-dira-t-on. Mais les jurés comprennent qu'on puisse en venir à ces extrémités. Ils le comprennent. Même les jurés femmes votent les circonstances atténuantes. Qu'une femme délabre la soupe ou le bouillon, pour une ménagère fidèle aux chartes de qualité et respectueuse des normes, c'est vraiment le plus répugnant des crimes. Impardonnable.

Ce n'était pas les occasions de la supprimer qui m'avait retenu de liquider Karine, mais mon peu de dispositions pour les solutions radicales.

En tant que basé sur l'idée de gauche, j'opte pour la négociation. Nous, on s'embourbe paisiblement dans des tête-à-tête plus ou moins transactionnels. Parfois, on pousse jusqu'au psychodrame. Je fais celui qui pleure. Karine fait celle qui s'arrache les cheveux. On s'arrange.

Tout ça pour dire que j'étais gêné de devoir découdre le ventre du con. La situation n'était pas à mon avantage. Il m'avait pris la main pleine de son pognon dans le sac de la supérette. C'était visible. Bien net. Embêtant, tout de même. J'aurais bien voulu discuter. Il y avait certainement une explication à fournir. Mais le con ne semblait pas vraiment disposé à m'écouter d'une oreille bienveillante. Il demeurait d'une courtoisie qui ne me disait rien qui vaille. Et surtout, il n'était plus du tout bourré. Sa tête se tenait bien verticalement à égale distance de l'une et de l'autre épaule. Assez classe.

Pour tout dire, il faisait moins con que tout à l'heure. Il se trouvait aussi en position de force, ça joue.

Il disait :

« Dois-je supposer que vous avez de pressants besoins de liquidités ? »

Quoi répondre à une question pareille ? J'ai tenté un signe de tête, qui pouvait passer pour une approbation. Il a continué :

« Réalisez-vous que c'est très mal de s'en prendre au bien d'autrui ? »

Très mal, très mal, il y avait du pour et du contre. Je ne cherchais pas à fuir mes responsabilités, mais j'ai estimé légitime d'évoquer le cas de Jean Valjean. Dix-neuf ans de bagne pour un pain volé quand on a faim, le châtiment est excessif.

« Je suis d'accord », il a dit le con.

J'ai songé que ça serait plus difficile de tuer un homme qui était d'accord avec moi. S'il avait gueulé, il m'aurait mis à l'aise. J'aurais sorti mon coutelas, je lui taillais l'abdomen en deux ou trois lanières, j'éteignais les lumières avant de partir et l'affaire était close.

« Jean Valjean n'a volé qu'un pain, il a dit.

— On vole selon ses besoins, j'ai rétorqué sans agressivité. Jean Valjean a volé un pain parce qu'il avait besoin d'un pain. Il aurait eu besoin de trois ou quatre patates, il aurait volé trois ou quatre patates.

— Vous avez besoin de trois ou quatre patates ? il a dit.

— À notre époque, qui n'a pas besoin de trois ou quatre patates ? j'ai dit.

— Vous avez donc besoin de trois ou quatre patates. C'est bien ce que je pensais. »

Où voulait-il m'entraîner ? Me faire passer pour un misérable, un traîne-savates, un nécessiteux ?

« Les patates, c'est pas pour moi, j'ai dit. Moi j'ai pas besoin de pognon. Je suis un idéaliste. Entièrement basé sur des idées généreuses, vous ne pouvez pas comprendre. »

Je lui ai parlé de Karine. De l'amour. Des sentiments. De mon sacrifice. Je n'ai pas exagéré. Je suis resté sobre dans la description de nos relations. J'aurais pu raconter des choses gratinées, extrêmement convaincantes, le ravage de la chair, les hurlements d'animaux sous la lune montante, la collision des corps, la voracité du bouche-à-bouche, les engrenages de la débauche, tout ce qu'il y avait entre nous quand on se roulait sur un matelas de pognon. C'était des arguments valables, je trouve. Le con partirait avec de jolis souvenirs terrestres.

Il m'était sympathique, mais j'étais vraiment décidé à le planter, je savais exactement où, je connaissais les points faibles. Ils m'avaient été révélés par un Bulgare. Au couteau, les Bulgares sont formidables. L'atome, ils ignorent. Mais le couteau, chez eux, c'est inné. Le tout c'est de viser l'endroit qui produit l'hémorragie interne. Le foie est envisageable, mais à un centimètre près on frappe l'os, la lame dévie et le type a le temps de réagir, de mettre son agresseur en mauvaise posture. Le coup bulgare pare à toute éventualité. La mort est atroce, bien sûr, et ça fend le cœur. L'homme blessé dans le mou souffre toujours beaucoup plus que l'homme blessé dans le consistant. Le Bulgare troue dans le mou. La technique bulgare taraude dans le mou.

« Le mou ! me répétait mon ami bulgare. Le mou ! Frappe au mou ! Le sang et la merde se mélangent, le sang continue à tourner et emporte la merde dans tout le corps, et dans le cerveau ! En moins de temps qu'il n'en faut pour le dire, le type a de la merde dans les yeux, il a de la merde dans les oreilles, il a de la merde dans la bouche, il a de la merde dans les pieds, il a de la merde dans le bout du gland ! C'est pas une belle mort, mais un mort c'est fatalement un mec qui se trouve dans la merde, alors si tu vois la fable, l'allégorie, la métaphore, t'as tout compris : Tuer, c'est littéraire. »

Il était bon, ce Bulgare. J'avais retenu la leçon. Bien. Le point faible du con était dégagé, sous le blouson ouvert. Il avait une chemise à carreaux, à croire qu'il l'avait fait exprès. Il se serait collé une feuille de papier millimétré sur le bide, il n'aurait pas mieux délimité son point faible. Mon couteau était dans ma poche droite. Ma main gauche tenait le sac rempli de billets. Ma main droite était libre. J'ai remué les doigts pour les assouplir, en évitant de faire craquer les jointures. Le moindre bruit pouvait éveiller les soupçons. Le con ne me semblait pas une proie difficile à abattre, mais sait-on jamais. Il y a des vicieux. Des sournois. De l'eau qui dort.

L'eau qui dort, voilà le danger. J'ai souvent entendu parler de l'eau qui dort. Pas en bien. J'en déduis que l'eau qui dort est plutôt basée sur l'idée de droite. On ne peut rien en attendre de bon. Je me suis forcé à le visualiser sous la forme de l'eau qui dort. Pas facile. Il ne voulait pas couler dans la pièce. Il se maintenait dans ses contours. Il clapotait à l'intérieur de son corps, mais il ne s'allongeait pas d'une goutte. Je le sentais serein. Il ne bougeait pas. Restait aimable, malgré la situation théoriquement paniquante pour lui.

Ou alors je n'avais pas mon visage de type déterminé. J'ai durci mes traits.

« Vous avez mal quelque part ? il m'a dit.

— Non.

— Je vous vois grimacer. »

Il s'attendait peut-être à ce que je lui confie que je me façonnais une tête de type déterminé. On ne se compose pas un faciès de tueur avant d'avoir tué. Il devait me voir approximatif, le con. Peut-être que mes efforts me rendaient ridicule. Le ridicule tue aussi le tueur. Le mieux est l'ennemi du bien, dit la chanson. Tuer avec une tête de tueur ne vaut sans doute pas mieux que de tuer avec une tête d'agneau. L'essentiel c'est de tuer, n'est-ce pas ? J'étais quasiment prêt. Décontracté. Le souffle régulier. La volonté bandée. J'allais me détendre comme un couguar, quand le con a sorti un pétard gros comme un sac à main.

« Je ne voudrais pas qu'il m'arrive quelque chose », il a dit.

Il contrariait mes projets homicides. Mon instinct ne me disait plus ce qu'il dit habituellement à un prédateur. D'un coup, je me retrouvais à un endroit malcommode de la chaîne alimentaire. Il m'a intimé l'ordre de vider mes poches. Le couteau est passé sur le tapis, avec les billets, un bout de ficelle, un sous-verre à bière où je note les idées qui me viennent quand je campe au bar, cinq centimètres de crayon plat, souvenir d'un temps où j'ai bricolé dans le bâtiment, un mouchoir granuleux de vieilles crottes, mon portefeuille avec une photo de Karine.

Il a voulu voir à quoi ressemblait Karine. Sur le moment, j'ai jugé malsaine cette exigence. Parce que c'est malsain de s'immiscer dans l'intimité des gens, même dans l'intimité des gens qui veulent vous tuer. J'ai fait celui qui protestait. Mais devant l'œil noir d'un flingue, le sage baisse les yeux et remet à plus tard le débat sur les atteintes aux libertés individuelles.

« Pas mal, il a dit en clignant de l'œil sur la femme de ma vie.

— Merci », j'ai dit, pour montrer qu'il y avait des points de convergence entre nous.

Pour faire bonne mesure, j'ai ajouté qu'elle était mieux en vrai. En connaisseur de ces choses, il a manifesté que les gens ne sont pas égaux devant le photographe. Il y en a que la photo avantage. D'autres, qu'elle désavantage. J'étais d'accord.

Moi, on ne trouverait pas une photo de moi où je suis photogénique. J'ai toujours une tête d'imbécile. Il paraît que ma peau n'accroche pas la lumière. J'ai quelque chose de bizarre dans le regard, un poids, une ombre. Pas dans la vie. Karine me trouve même beau. C'est vrai que je ne suis pas mal. J'ai ce qu'il faut là où il le faut. Mon corps s'est développé dans d'harmonieuses proportions, je crois. Plus jeune, pendant quelque temps, j'ai pratiqué la musculation et les arts martiaux. Il y a des lustres. Mais je n'ai pas bouffé tous les bénéfices de mes efforts. J'ai l'allure féline. Ce pourquoi ci-dessus je me suis autorisé à évoquer le couguar à mon sujet. Je ne suis pas non plus un couguar de l'année. L'âge est là. Malheureusement, dirait le philosophe. Mais la forme perdure, même si grosso modo je ne l'entretiens plus qu'à la bière.

« Accepteriez-vous de passer dans la pièce d'à côté ? » il a demandé, le con.

Comment s'opposer à cette demande. En passant devant lui, j'ai cru aimable de lui confier qu'il avait une maison de caractère. Il a paru

sensible au compliment. J'étais sincère, d'ailleurs.
Il avait une très belle maison. Décorée avec un
goût très sûr. Certes, un goût tapageur, specta-
culaire, mais un goût, vraiment un goût. Sûr.

Sur ma lancée, j'ai poursuivi :

« La maison nous en apprend beaucoup sur
l'homme.

— Qu'est-ce que vous avez appris à mon sujet ? il s'est enquis avec un ricanement non
dénué de générosité.

— Que vous aimez les beaux objets, la belle
peinture, les belles lumières, les belles étoffes.
Que vous collectionnez les têtes de Grecs.

— Ce sont des empereurs romains. Les douze
Césars.

— Ils étaient douze, les Césars ? Je croyais
qu'il y en avait qu'un. Jules. Jules César.

— Il y avait Jules et il y avait les autres.

— Douze. C'est de la famille nombreuse, hein ?
On ne voit plus ça de nos jours. »

Il me liquéfiait. Un type qui vous sort qu'il y
a douze Césars, alors que vous avez vécu pendant des années avec la certitude qu'il n'y en
avait eu qu'un, c'était peut-être un con, mais
c'était un con qui en remontrait au pas con que
je pensais être. Là, je lui ai dit bravo sans tarder.
Il m'apprenait vraiment du nouveau. J'avais failli
lui planter mon couteau dans le bide avant de
savoir qu'il y avait eu douze Césars. Il avait

34

bien fait de pointer un flingue dans ma direction. Sous la menace, le savoir rentre tout seul. Les mômes, je suis sûr que si on leur faisait étudier les tables de multiplication avec un trou de carabine contre la tempe, ils ne mettraient pas des heures avant de devenir des prodiges du calcul mental. La manière forte, la voilà la manière. Quelle leçon il me donnait, le con ! Avec sa mine de ne pas y toucher, sa démarche étroite, sa figure grotesque, il me bluffait.

D'une voix admirative, mais sans éclats, il s'est mis à réciter sa litanie :

« Jules César, Auguste, Tibère, Caligula, Claude, Néron, Galba, Othon, Vitellius, Vespasien, Titus, Domitien. Douze apôtres, douze Césars, douze coups de minuit, douze mois de l'année, douze chevaliers de la Table Ronde, douze balles dans la peau. »

Il en connaissait, des détails sur l'histoire du monde, et qui ne s'arrêtaient pas au nombre des Césars. Je ne veux pas me vanter, mais ma culture personnelle et générale couvre bien des secteurs. Devant les jeux télévisés, Karine n'en pique pas une. Moi je réponds à des trucs incroyables. Il y a des trucs, je ne sais même pas que je les connais. Ils sont en moi, et ils jaillissent selon les besoins.

Karine me l'a souvent dit, et je la crois volontiers :

« T'es une pointure. »

Mais j'avais trouvé mon maître. C'était un type pas comme les autres, ce con. Il avait tout. La culture, le flingue, la belle maison, le pognon. Je commençais à le considérer comme un peu moins con qu'au début.

« Vous faisiez semblant d'être bourré, au bistrot, hein ? je lui ai demandé, puisque je voyais qu'on normalisait nos relations.

— Je vous expliquerai », il a dit.

À quoi cela m'aurait-il avancé d'insister ? À rien. Je me suis donc rangé à la seule décision raisonnable : il avait dit qu'il m'expliquerait, j'attendrais donc le moment qu'il choisirait pour m'expliquer. On se complique trop souvent la vie, alors que rien ne vaut la simplicité. Pourquoi insister ? Pourquoi ? Il est si facile de patienter, d'attendre le moment favorable, où tout le monde est disponible, où on peut discuter tranquillement. De toute façon, il m'expliquerait. Il m'avait expliqué pour les Césars. Il m'expliquerait pour le bistrot. Je ne m'inquiétais pas. Je le lui ai fait savoir, et par retour de courrier.

« Je sais bien, que vous m'expliquerez. Je ne vous demande pas quand. Ça sera quand vous voudrez. Je ne peux pas vous dire mieux. »

Le flingue a bougé, m'indiquant la bonne direction, et la marche à suivre. Curieusement, je n'ai pas imaginé une seconde qu'il pourrait me tirer dessus. J'étais confiant. Presque joyeux. Les événements ne prenaient pas une tournure trop tragique. En plus, il avait l'air de s'y connaître en arme à feu. Il la tenait comme il faut la tenir. Avec une arme dans les pattes, on reconnaît tout de suite l'amateur. Dans le temps, j'ai un peu fait parler la poudre, j'ai touché le métal. Au stand de tir. Je peux donc dire qu'il savait s'occuper d'un flingue, le con. Qu'il avait de la prestance avec l'engin en pogne. C'est comme les carreaux, ça ne va pas à tout le monde. Son style, c'était un mélange de dispositions naturelles et des heures de travail devant la glace. On ne rigole pas avec un mec comme ça. Il savait ce qu'il faisait. Il avait un objectif. Ce n'était pas mon intérêt de me mettre en travers.

« Le bouton de la lumière est à gauche », il a dit.

Bon. J'ai fait un pas pour entrer. J'ai tâté le bord du mur. J'ai trouvé le bouton annoncé. La lumière tomba d'un bandeau qui courait le long du plafond, tout autour de la pièce. Ce que j'ai vu m'a tétanisé. Cette fois, ça allait trop loin pour moi.

À cet instant, j'aurais eu quelque chose à dire, je n'aurais pas pu le dire. Le corps était étendu dans une dislocation bizarre. Le sang avait inondé le sol, avait giclé sur les murs, les rideaux en étaient gorgés. Je n'avais jamais vu autant de rouge d'un seul tenant. Une tapisserie. Avant de mourir, le type avait dû se débattre pendant une heure. Il en avait fichu partout. Question respect de l'environnement, il était mort sans avoir pris conscience des problèmes.

Mon estomac s'est noué.

C'est toujours comme ça que les auteurs se tirent d'affaire dans les romans. Le personnage voit un spectacle peu ragoûtant et l'auteur écrit systématiquement que l'estomac se noue. Sur le plan de l'économie narrative, c'est une bonne ficelle. Difficilement transposable, néanmoins. Au cinéma, comme l'estomac qui se noue ne possède pas une qualité visuelle suffisante, on fait vomir le personnage. Dans un mouchoir, dans un coin de mur, dans un lavabo, par la fenêtre, sur son chef. Selon la nature du film. Ça signifie : le personnage a l'estomac qui se noue.

Rien qu'avec les scènes de vomissement prélevées dans les films policiers, on pourrait faire un produit de deux heures où ça n'arrêterait pas une seconde de dégueuler. On l'appellerait : *Équivalent cinématographique de l'expression « l'estomac qui se noue »*. Ça serait un hommage aux romanciers qui ne se la brisent pas. Succès garanti. La modernité adore le vomi, la vomissure, le spasme. À notre époque, ce sont des choses qui manifestent encore un peu la spontanéité. On se vide sous le coup de l'émotion. C'est le rappel à l'humanité.

Il y en a qui sont pris par la diarrhée. Mais la diarrhée, c'est pareil que la nausée, en gros. Il y a du compassionnel dans la diarrhée. Là, devant ce cadavre saigné à blanc, j'hésitais encore à me vider par le haut ou par le bas, comme dans la chanson.

Je m'en suis sobrement tenu à l'estomac qui se noue.

« Je ne vous le présente pas, il a dit, le con. Son nom ne vous dirait rien.

— Enfin, il est mort, ai-je cru bon de signaler.

— Il est mort, en effet. Pas plus que mort, mais pas moins : mort. Juste mort. À point. Vous avez trouvé le mot qui convenait. Mort.

Voilà. Je pense que vous êtes l'homme de la situation. »

Un instant, j'ai songé à me retourner brutalement. Faire face, ça a toujours été mon rêve de couguar. Malheureusement, le danger m'a souvent vu de dos. Cette fois encore.

Je n'en menais ni long ni large. À cause de l'odeur du flingue. Elle se mêlait à l'odeur du sang. Ce sont des odeurs qui vont très bien ensemble, mais cette harmonie n'a rien d'admirable sur le moment. Je me demandais comment le con s'y était pris pour arranger l'autre de cette façon.

« Il s'est suicidé », il a dit.

Il devait lire dans mes pensées. Ou bien j'avais pensé à voix haute. Dans des moments comme celui-là, on n'est pas dans son état normal.

« Il a dû s'y prendre en plusieurs fois, j'ai supputé.

— Il y a passé la journée. Pas de doute, c'est de l'acharnement. Il faut s'en vouloir, pour en arriver à ce genre d'extrémité.

— Vous le connaissiez ? m'enquis-je.

— Oui. Depuis quelque temps. Il vivait dans cette maison.

— Pour se mettre dans un état pareil, il ne devait pas y être heureux.

— C'était un difficile, un compliqué. Un écorché vif. Il a fini comme il a vécu. Qui est bien qui finit bien. Paix à son âme.

— Je ne le connaissais pas, mais ça me fait quelque chose. »

C'était vrai. J'aurais eu un chapeau, je n'aurais pas manqué de l'ôter. Quand on croise un cadavre, on regrette toujours d'aller tête nue. On ne sait pas quoi faire pour signaler qu'on l'a vu et qu'on déplore ce qui lui est arrivé. Il y a les gestes qui sauvent et il y a les gestes qui manifestent qu'on s'intéresse. Le chapeau constitue un accessoire expressif en cas d'urgence. Le dispositif idéal pour montrer qu'on se range à l'opinion générale. C'est par des mouvements de chapeau que l'homme traduit le mieux sa sensibilité. Les poètes ont toujours une période où ils portent le chapeau. C'est généralement le moment où ils ont envie qu'on sache qu'ils sont poètes. Tous les grands de ce monde ont quelque chose sur la tête. Le pape, il s'en met trois étages. Il ne serait pas aussi infaillible avec une casquette de jockey.

« Je sais, il a dit. Vous regrettez de ne pas avoir un chapeau. C'est toujours ce qu'on regrette dans ces cas-là. »

Il avait raison. Il ne m'en a pas proposé un, pour autant. Clairvoyant, mais peu serviable. Je me suis incliné sur la dépouille mortelle. En l'absence de chapeau, c'est ce qu'on a de mieux à faire.

« Vous allez remettre de l'ordre dans cette

pièce, il a dit avec une désinvolture de type qui n'a aucune idée de ce qu'est le travail manuel.

— Attendez un peu, là…

— Je ne vous demande pas de faire un devis, je vous demande de remettre de l'ordre dans cette pièce. Il n'y a pas à discuter. Vous vous êtes payé d'avance, non ? »

Il arrangeait les choses à sa manière. Voleur, tant qu'on voulait, mais larbin, ça ne me plaisait que moyen. Même, en dessous de moyen. J'avais tiré le pognon, d'accord, impossible de le nier. Que le con puisse m'en vouloir pour cette indélicatesse, je comprenais. Mais qu'il en profite pour me contraindre à vaquer aux tâches ménagères, je pense qu'il y avait matière à protester.

« Je vous demande de me remettre aux mains de la police », j'ai dit avec solennité.

C'était une réaction logique.

« Vous ne semblez pas réaliser dans quelle situation vous vous êtes mis, il a dit.

— Je ne fais que vous énoncer vos droits, j'ai dit. Je vous ai volé du pognon. C'est pas bien. Vous devez me remettre entre les mains de la police. La justice me condamnera à dix-huit mois, dont six mois ferme. J'irai en prison, purger ma peine de six mois ferme. Puis on me libérera pour que je puisse purger mes douze mois de sursis. J'aurai payé ma dette à la société. Vous serez vengé. Qu'est-ce qu'il vous faut de plus ?

42

— Vous croyez que ça va comme ça ? il a dit.

— Normalement, ça devrait, j'ai dit.

— Ça devrait, c'est vrai, il a dit.

— Il faut faire ce qui doit être fait, j'ai dit. C'est la même loi pour tous.

— Je n'en disconviens pas, il a dit. Mais ce que je dois vous préciser, c'est que vous êtes le remplaçant du défunt. Vous m'avez suivi, vous êtes entré librement chez moi, vous avez pris tout l'argent que vous avez voulu, je vous ai laissé faire, maintenant c'est à votre tour de me laisser faire ce que j'ai envie de faire.

— Le pognon, je vous le rends, j'ai dit.

— Donner, c'est donner, reprendre c'est voler, il a dit.

— Voler un voleur, ce n'est pas voler, j'ai dit.

— Si ta main gauche reprend ce qu'a donné ta main droite, coupe ta main gauche », il a dit.

On pouvait aller loin comme ça. Devant tant de mauvaise foi, j'ai cédé. Je ne discute jamais avec les types qui connaissent des proverbes moldaves. Ni avec ceux qui citent du latin. C'est pas des procédés basés sur l'idée de gauche. Le latin, c'est à droite. *Alea jacta est*, quand ça tombe dans une conversation, c'est qu'il y a de la droite autour de la table. Au lieu de se vanter en latin, *Alea jacta est*, ils pourraient dire : « Il flotte, mais ne rompt pas. » Ça ne veut pas dire grand-chose non plus, mais on comprend tous les mots.

« T'as qu'à donner des deux mains, j'ai dit, pour montrer que je n'étais pas né de la dernière pluie moldave.

— N'ayez crainte, il a dit, je reprends des deux mains ce que je n'ai pas donné d'une seule. »

Il me fichait en vrille, le con. Les nerfs. Je sentais que je me déboîtais.

« Assez badiné, il a dit. À la cuisine, vous trouverez les outils pour travailler. Et une bâche. Vous mettrez le corps dans la bâche. Vous le descendrez à la cave. Dans la cave, il y a une pelle et une pioche. Vous ferez une fosse. Vous y installerez le corps. Ensuite, vous remonterez et vous nettoierez la pièce.

— Et si je refuse ? j'ai dit.

— Donnez-moi une seule raison qui pourrait justifier que vous refusiez de faire ce que j'attends de vous.

— J'ai jamais fait des choses pareilles. Je plaide l'incompétence.

— Vous apprendrez en faisant.

— J'ai peur des morts.

— Il ne vous mordra pas. Vous n'avez qu'à imaginer que c'est un gros lapin. Vous avez déjà mis un gros lapin à la cocotte ? Eh bien, vous saurez mettre un cadavre à la cave. C'est à peu près le même principe.

— J'aime pas.

— Je ne vous demande pas d'aimer, je vous demande de faire. Vous n'avez pas le choix. »

Un pétard ça augmente considérablement le potentiel d'autorité d'un homme. Il n'aurait pas eu son kilo de ferraille dans la main, je le retournais comme une crêpe, ce con. Je le démolissais, je le réduisais en allumettes, je lui cassais les os, la tête, je lui arrachais les poumons à mains nues. Il n'aurait pas eu le temps de dire ouf. Je lui sautais à la gorge dans une détente de couguar, la gueule grande ouverte, les crocs en avant, les griffes lui déchiquetant les oreilles. Il serait mort sans dire le début d'une prière. Le couguar ne laisse jamais à sa proie le temps de revoir le film de sa vie. C'est d'ailleurs à ça qu'on le reconnaît.

« Au travail ! » il a dit.

Sa voix gardait des accents moelleux, mais elle en avait perdu en route. J'ai reporté à plus tard l'heure du couguar. *Sine die*, comme disent les basés sur la droite.

Il m'a souhaité bon courage et il a annoncé qu'il allait regarder la télévision.

« Vous pouvez essayer de prendre la fuite, il a dit, je n'y vois pas d'inconvénients. Mais je préfère vous informer que personne ne peut sortir de cette maison. Tout est fermé, bloqué, cadenassé. On ne sort pas. Libre à vous de tenter votre chance. Tapez à la masse dans les portes, dans les fenêtres, hurlez tant que vous voudrez. Quand vous serez fatigué, vous comprendrez. »

Il a ramassé mon couteau, me promettant d'en prendre soin. Et il a disparu. Le silence était parfait. Je ne suis pas du genre à mettre la parole des autres en doute, mais par acquit de conscience j'ai fait le tour du propriétaire, histoire de vérifier s'il n'y avait pas une solution de repli, porte ou fenêtre mal fermées, passage secret, escaliers de service, faiblesse dans le dispositif. On envisage bien des choses.

Dans le garage, j'ai trouvé un petit marteau. Je m'en suis servi pour sonder les murs, les planchers, les plafonds. Normalement, quand ça sonne le creux, c'est bon signe. Là, ça ne sonnait pas le creux. Du massif d'un bout à l'autre et de haut en bas. Des miroirs incassables. Du béton partout. De l'acier. Même les pendules étaient armées.

La cave aussi était étanche. D'autant qu'elle se trouvait au moins dix mètres sous terre. Deux étages à descendre. La pelle et la pioche m'attendaient. Ce n'était pas la première fois qu'elles allaient servir. Les manches luisaient sous les lampes. Il y avait des années qu'on remuait le sol régulièrement ici. Je ne sais pas combien de types étaient enterrés là-dedans. Au moins la demi-douzaine. Probablement plus. J'ai commencé à labourer. En désespoir de cause, car je ne suis pas un fou des travaux manuels. Surtout le terrassement. C'est le dernier des métiers. On en prend dans les mains, dans les bras, dans les épaules, dans le dos, dans les jambes, et la tranchée n'avance pas vite.

Au cinquième coup de pioche j'étais en nage. Je me suis dit que je devais changer de métier. J'ai posé la pioche, j'ai saisi la pelle. J'ai pelleté. Le pelletage induit un geste qui épuise vite aussi. J'ai repris la pioche. La pelle et la pioche ne sollicitent pas les mêmes muscles. Mais ce sont des muscles si proches les uns des autres, que la fatigue des uns contamine les autres. En insistant, on y perdrait la santé. À commencer par la bonne humeur, garant de la bonne santé.

Après son ultimatum, Karine ne devait pas tellement s'étonner de mon absence. Elle se disait que j'étais à la poursuite du pognon. Il y a des femmes que ça tranquillise de savoir que leur homme court derrière le liquide, qu'il commet quelques effractions par amour, qu'il cambriole pour satisfaire aux exigences de la femme de leur vie. C'est assez beau, au fond. C'est une sorte de romantisme. Une sorte. Le romantisme, le vrai, c'est une affaire de mecs à pognon. Faut les habits avec les dentelles. Faut le vocabulaire. Faut le sens des rimes. Faut savoir tousser, cracher le sang, se retenir de péter ou connaître les manières qui permettent de péter sans bruit et en dispersant l'odeur par des menuets improvisés. En plus, il faut savoir boire sans dire de conneries à partir du troisième verre. Ça, c'est pas facile.

N'empêche que je me sens une sorte de romantique. Entre la pelle et la pioche, assis sur les marches humides, devant ce champ de cadavres repiqués pour l'éternité, je songeais à Alfred de Musset. Pour décrire le pétrin où je me trouvais, c'est une plume comme la sienne qu'il aurait fallu. Vigny avait abordé le loup dans ce qu'il avait de meilleur. Je suis sûr que Musset aurait fait très fort sur la question du couguar.

Disons-le, avouons, j'ai déjà commis quelques poésies. Dans le style Musset après douze absinthes. Vraiment des vers beurrés au petit poil, qui se remuent la rime comme les chiens se remuent la queue. Quand on aime une femme, il y a des choses qu'on ne saurait pas dire autrement qu'avec de la poésie. La femme est sensible à la poésie. Il y a en elle des zones érogènes qui ne réagissent qu'au poème. Parce que la femme, même quand elle n'en a plus rien à faire de rien, elle en a encore à faire de la poésie. Elle pèse son quintal, elle a les cheveux comme des éponges en arachide, les dents comme dans une partition de musique dodécaphonique, avec les blanches et les noires mises n'importe comment, elle sait que c'est fichu, elle est amère, elle ne pense qu'à gueuler, mais si on lui fredonne une romance qui rime bien, la voilà pimpante comme une princesse de conte de fées, elle se prend pour l'étoile du berger, elle esquisse des pas de danse sur le paillasson, elle redevient une petite fille. Y a que la poésie pour changer la misère du monde. Du moins, quand on n'a pas le pognon. Le pognon, c'est de la poésie à l'état pur, du diamant, des perles de pluie venues d'un pays où il ne pleut pas. Mais à défaut, une chiée de dix, douze alexandrins satisfait la femme qui se morfond. Je ne cause pas pour Karine.

La vie l'a gâtée, elle. Un peu grasse des hanches, de la fesse qui étouffe le string en Gortex, un tissu qui respire si on ne lui serre pas trop la maille, une tête qui n'est aimable que le jour de la Sainte-Touche, mais des seins qui affolent l'homme, une toison pubienne qui jouerait le rôle du buisson ardent dans les films sur la Bible, des cuisses à géométrie variable, comme sur les avions, une chatte profonde comme une pensée de Pascal, et une prestance dans la sensualité que bien des professionnelles pourraient lui envier. Si elle ne pensait pas qu'au pognon, elle serait parfaite.

Son problème, c'est qu'elle ne conçoit pas

qu'on puisse être à la fois pauvre et heureux. Elle est convaincue que c'est plus simple d'aimer un docteur. Elle m'a plus d'une fois reproché de n'avoir pas fait médecine. Il y a même des jours où elle aurait voulu que je sois chanteur. Le délire. Les chanteurs, ils gagnent du lourd. Mais ils s'intéressent pas aux femmes qui les aiment. C'est ce que je lui explique. Elle ne comprend pas. Le chanteur, c'est une aujourd'hui, une autre demain, une troisième après-demain, une trois cent soixante-cinquième le soir de la Saint-Sylvestre, et l'année d'après, il recommence. Le chanteur est inconstant. Elle dit qu'elle aurait su se faire aimer. Dans l'hypothèse où, bien sûr, c'eût été moi le chanteur. Je me marre. Ce qu'elle aime dans le chanteur, c'est le pognon. Le côté artiste, les paillettes, la croone, tout ça, c'est juste pour justifier le pognon. J'aurais pas pu être chanteur. J'aurais pas pu être docteur. J'ai quand même réussi à coucher avec Karine qui n'aime que les chanteurs et les docteurs. En moi, j'ai donc une contrepartie valable, une arme secrète, un argument décisif. Physique, peut-être. Mais surtout intellectuel. J'ai le balancement poétique. C'est ça. Oui, le balancement poétique. Je fais l'amour comme tout le monde, mais tout d'un coup je lâche un distique, le truc vraiment trapu, deux fois douze pieds qui éclaboussent, la rime taillée en forme de pipe, et qui

50

fume, pardon, la véritable machine à produire le vice et les réactions infernales. Ça l'a plus d'une fois retournée, pâmée, Karine. Elle y perdait le contrôle, l'éducation, les souvenirs de catéchisme.

D'ailleurs, c'est dans une surprise comme celle-là qu'on a marché sur Sodome, un soir, je me souviens. Jusque-là, elle refusait. Et j'étais d'accord, tant j'y voyais de répugnance. Et puis, je ne sais pas, une inspiration : d'un coup, en voilà deux, des alexandrins pur sirop, qui me cliffent spontanément. Qu'elle entend. Qu'elle prend en plein dans sa minute de faiblesse. Elle se rendait plus compte qu'elle me tendait la croupe. Je me suis enfoncé dans l'opprobre quasiment sans le faire exprès, terre jaune en vue, une pratique condamnable, presque mutilante si on ne la mitonne pas de longue date, mais le moment devait être favorable. Ou alors c'était la fatalité, on se rencontrait dans cet endroit à la mode, dans l'air du temps, pour ainsi dire. C'était pas dans nos idées, mais on n'a pas regretté.

La cave. C'était pourtant pas le moment de faire valser les souvenirs. Penser à Karine juste quand je prends mes fonctions de fossoyeur, le con aurait soupçonné un rien de mauvaise volonté de ma part. J'ai regardé la pelle. J'ai regardé la pioche. Finalement, je me suis craché dans les mains.

Combien de temps j'ai mis pour lui offrir une sépulture décente ? Des heures. La nuit, à mon avis. À la fin, je suis tombé dans le bourbier et j'ai dormi sur ce matelas de cadavres qui se décomposaient dans la terre. Le con n'est pas venu s'inquiéter de ma santé. Pas de danger qu'il descende aussi bas. Il n'avait pas l'habitude de voyager dans les soutes. Je m'y étais cassé les fémurs, dans ce cul-de-basse-fosse, et les os du bras.

Personne ne connaît le nom des os du bras. Ils sont moins célèbres que le fémur. Le fémur est un os réputé dans le monde entier. J'avais mal à ces célébrités. La position du terrassier, sans doute. Le manche de pelle prenant appui sur la cuisse. Dans la cuisse le fémur. La position du terrassier m'avait crevé. Au niveau du fémur d'abord. Je me suis relevé et je me suis dit que je ne remarcherais plus jamais de ma vie. Quand on n'a pas travaillé depuis longtemps, il n'y a rien de pire que s'y mettre en une seule fois et de déblayer des mètres cubes d'une glaise qui pèse son poids de charogne. La pelle et la pioche traînaient sur la tombe. J'avais pas eu le courage de les recamper contre le mur.

Tant bien que mal, j'ai remonté les deux étages. Les marches glissaient. Je me cramponnais à la rampe. J'avais soif. Et faim. Le con m'attendait dans la cuisine.

« Vous l'avez rangé ? il a dit.

— J'ai vu qu'il y avait du monde. Qu'est-ce que c'est que cette histoire ?

— Du monde, du monde, il ne faut pas exagérer. Neuf, avec celui que vous avez soigné. Même pas la dizaine. Loin de la douzaine. Je ne dis pas que c'est rien ou personne, mais de là à dire que c'est du monde, il y a une marge.

— Toutes les maisons n'ont pas neuf morts dans la cave, j'ai dit.

— Vous parlez comme un sociologue, je n'aime pas du tout. Est-ce que vous voulez vous asseoir ? »

Il m'a proposé du café, du pain et de la confiture. À volonté. J'ai demandé à me laver les mains. Il a bien voulu.

« Après le petit déjeuner, il a dit, je vous montrerai vos appartements. Vous prendrez une douche. Vous trouverez des vêtements à votre taille, ou à peu près, dans le dressing de l'étage. Ensuite, vous viendrez dans mon bureau. Je vous expliquerai les projets que j'ai pour vous. »

Le café était de première qualité. Ça m'a rendu le goût de la vie. Le con m'observait d'un œil débonnaire. Il souriait un peu. On aurait cru un homme qui hésitait à cacher son bonheur. Il ne le montrait qu'à moitié, mais il était heureux entièrement. Lui, il n'avait pas passé la nuit à creuser la planète dans un espace encaissé, avec de l'air glacé à respirer. J'avais bien envie de me plaindre.

Mais je me suis retenu, en repensant au flingue. Il ne devait jamais le quitter. Il se tranquillisait en le réchauffant dans les plis de sa robe de chambre en peau de vers à soie. Les serpents classiques me sont remontés à la gorge. Ceux que les anciens réchauffaient dans leur sein et ceux qui sifflaient au-dessus de nos têtes. Je n'ai jamais pu démêler les uns des autres.

« Vous pouvez me causer maintenant, j'ai dit. D'habitude, en déjeunant, j'écoute la radio. Ce qui cause ne me dérange pas.

— Vous voulez écouter la radio ?

— Non, pas la peine. Je préfère vous écouter, puisque vous avez des choses à me dire. Je voulais seulement vous signaler que je suis disponible. »

Certainement que jusqu'à maintenant il n'avait

54

eu affaire qu'à des types qui gueulaient, qui résistaient, qui défonçaient la table à coups de poing. Moi il me semblait qu'il était préférable de jouer le jeu, de voir venir. La patience est une des vertus du couguar.

« Qu'est-ce que vous attendez de moi ? j'ai dit, pour lui signifier que je lui reconnaissais le droit d'attendre quelque chose de moi.

— Vous avez vraiment cru que j'étais saoul, hier soir ? il a dit.

— La preuve, c'est que je suis là. J'aurais pas suivi un mec qui aurait eu tous ses esprits. Ça, le mec bourré, vous le tenez bien. J'ai pas douté une seconde.

— Vraiment ?

— Je vous le dis. J'ai tout de suite marché. L'illusion était impeccable. Quand je vous ai entendu parler de votre pognon, du tiroir du buffet, tout ça, je me suis dit : faut voir. J'ai changé de place au bar, je me suis rapproché de vous, pour essayer d'avoir des détails. Je suis un homme de métier, je ne me lance pas à l'aveuglette. L'affaire avait l'air facile. Je me suis laissé prendre au jeu des apparences. »

C'était assez fort, cette remarque sur le jeu des apparences. Très basé sur l'idée de gauche. Il y a tout un tas de phrases comme celle-là, que j'aime bien m'entendre prononcer. Elles sonnent savant. Elles font mec qui ne sort pas de son trou pour la première fois. Le con a lippé menu, en penchant la tête, pour m'indiquer qu'il appréciait.

« Vous allez vivre dans cette maison, il a dit.

— Et si je n'ai pas envie ?

— Ce n'est pas une question d'envie. Vous êtes là, vous y restez.

— Vous oubliez que j'ai de la famille, des amis. Je suis connu en ville. On va se demander où je suis passé. On alertera la police. Il y aura des recherches, des battues, des contrôles sur les routes.

— Vous croyez ? il a dit.

— Bien sûr, je crois. Je suis une personne disparue.

— Vous n'êtes pas suffisamment important socialement pour que votre disparition fasse beaucoup de bruit. Le journal n'en parlera même pas. Vous voulez parier ?

— Ne me tentez pas. Je suis assez joueur et je gagne ce que je veux. Une fois, j'ai ramassé une patate.

— Dans le journal de ce matin, pas un mot sur votre disparition.

— Il est trop tôt, j'ai dit.

— Les journaux des jours prochains n'en parleront pas non plus. Pourquoi voulez-vous qu'ils s'intéressent à un déclassé, à un minable qui vit d'expédients, de rapines, de petites combines ?

— Tout de même, je ne vous demande pas de me donner une médaille, mais, au moins, soyez correct !

— Je ne connais pas grand-chose de vous, mais je sais que ce que j'en dis correspond à peu de chose près à la vérité. Vous n'êtes pas d'accord ?

— Karine me recherchera ! j'ai dit. Elle va laisser s'écouler trois ou quatre jours, une semaine, parce qu'elle pense que je chasse le pognon, mais ne me voyant pas revenir, elle sera folle d'angoisse. Elle ne peut pas se passer de moi. C'est physique, vous comprenez. Elle a ses routines avec moi. Elle va remuer ciel et terre.

— On verra. »

Il faisait comme le contrarié. En fait, il réfléchissait. Je me suis félicité d'avoir mentionné Karine. À cette heure, elle était levée. Elle tournait en rond dans la carrée, en regardant sa montre et en regardant le bout de la rue par la fenêtre, fumant cigarette sur cigarette, folle qu'il me soit peut-être arrivé quelque chose. C'est une femme de l'excès. Elle amplifie tout. Elle exagère. Elle en rajoute. Des fois, je la soupçonne hystérique. Elle se fait du mal, forcément. Elle se ronge pour des broutilles. Un jour, je me suis fait attaquer dans le cou par un furoncle, une maladie rare de nos jours. J'avais piqué une palette de cassoulet en boîte. Avec du pain frais, ça se laisse manger. Le dimanche, on achetait un paquet de pommes chips, pour améliorer le menu. Sans prétendre à l'alchimie, le mélange est goûteux. Les chips donnent du croquant au cassoulet et le cassoulet confère un certain moelleux aux chips. On se régalait. Mais six mois, cassoulet deux fois par jour, l'organisme s'est lassé. Il m'est venu un furoncle de la taille d'une betterave rouge. Karine m'a veillé nuit et jour, en me suppliant de ne pas mourir, qu'elle était trop jeune pour faire une veuve, qu'elle pourrait jamais aimer un autre homme. Elle m'a demandé de lui pardonner des tas de choses, comme quoi elle n'avait pas compris sa chance plus tôt, que tout ça c'était de sa faute, qu'elle n'avait pas su me protéger de la malédiction du cassoulet.

J'étais malade et c'est elle qui avait la fièvre. Elle me soignait avec une abnégation de religieuse. Tous les matins, elle me faisait sortir le pus. Elle commentait : « Il est bien jaune » ou « Il est bien vert » ou « Il est plus épais qu'hier ». Elle me tenait au courant. Son obsession, c'était de tirer sur le germe. Elle se faisait une idée surannée du germe. Elle le voyait comme une bête de légende, des crochets, des gros yeux, habillés comme un chevalier de la Table Ronde, un mégot au coin des lèvres et une dent en or en forme de poignard sur le devant. Finalement, ça avait plutôt à voir avec un genre de petite nouille vivante. Elle l'avait installé sur un mouchoir plié en quatre, pour me le montrer.

« Il bouge plus, elle a dit, je l'ai annulé avec la pince à épiler. »

Karine, je pouvais lui faire confiance. Dès qu'elle me sentirait en danger, elle organiserait une croisade. Elle retournerait la contrée à coups de savate. Le con avait intérêt à se tenir sur ses gardes.

« Vous serez chargé du gros ménage, il a dit. Cela vous occupera environ deux heures chaque matin. Le reste du temps, vous ferez ce que vous voudrez. La bibliothèque compte environ trente mille volumes. C'est plus qu'un gros lecteur puisse lire durant sa vie. Dans votre chambre, il y a une télévision. Il s'agit d'un récepteur qui est réservé à votre usage exclusif. Le petit salon qui suit celui où notre ami a choisi de mettre un terme à ses jours a été aménagé en salle de musique. Vous y trouverez une multitude d'instruments sur lesquels taper, cogner, se défouler. Au rez-de-chaussée, il y a une salle de gymnastique, assez bien équipée. Vous n'y aurez accès que l'après-midi. Je me réserve la fantaisie d'en user le matin. À mon âge, il faut avoir la volonté d'entretenir son corps, n'est-ce pas ? L'exercice est salutaire. Vous êtes encore très jeune. Mais vous faites partie de ces gens qui commencent à vieillir tôt. Soyez vigilant. Astreignez-vous à deux heures d'exercice chaque jour. Ne vous laissez pas aller.

— Vous inquiétez pas pour moi. »

Comme le reste de la maison, la chambre sentait le pognon. Du marbre, de la boiserie, des fenêtres donnant sur le foutoir du bossu et, plus loin, sur la forêt. Aussi : un lit énorme actionné par des moteurs. Mais le meuble, c'était la télévision. Installée face au lit, à la distance idéale. Un écran comme je n'en avais jamais vu. Presque du cinéma.

« Si vous aimez la télévision, vous serez heureux ici. Vous aimez la télévision ?

— Je veux.

— Elle vous plaît ?

— Il faudrait être difficile. »

Curieux comme dans les grands moments, on est incapable d'exprimer autre chose que des platitudes. Je me suis demandé ce que la situation aurait inspiré à Rimbaud. Ce qui caractérise le génie, c'est qu'il a toujours quelque chose à dire. C'est sa supériorité. Rimbaud avait toujours quelque chose d'original à dire. Je le sais, j'ai lu sa vie. On lui aurait demandé s'il aimait la télévision, il n'aurait sans doute pas répondu « Je veux », comme je l'ai fait, parce que c'est sorti comme ça, au plus simple, au plus direct, sans génie, avec même une nuance vulgaire, il faut avoir l'honnêteté de ne pas se le cacher.

« Vous êtes libre de circuler dans la maison, il a dit.

— Bonne nouvelle, j'ai dit.

— Une fois par jour, il a dit, parfois une fois tous les deux jours, je dois sortir pour faire des provisions.

— Normal », j'ai dit.

En visitant pendant la nuit, j'avais vu une grosse bagnole dans le garage, une berline suédoise, cossue, mais pas du dernier salon. C'est des voitures qui font une vie entière, ça. Faut avoir un tempérament qui s'attache.

« Quand je sors, pour parer à toutes éventualités, je me verrai dans l'obligation de vous sangler. On ne sait jamais.

— Vous m'avez dit qu'on ne peut pas sortir de la maison.

— On ne peut pas en sortir. Mais ce n'est pas le problème. Quelquefois, il y a de la visite. Rarement, n'est-ce pas. Ma vieille mère, par exemple. Elle a une clef. C'est une très vieille dame.

— La vieillesse, c'est le drame de bien des gens, j'ai dit pour compatir.

— Je ne voudrais pas qu'il lui arrive quelque chose. Une dame de cet âge est si facile à étrangler.

— Attention, j'ai dit. Je suis pas un criminel. Je ne m'attaque pas aux vieux. Il faut respecter les cheveux blancs. Vous pouvez vous renseigner : moi, je ne touche pas le vieux. Les vieux, ils me font penser à ma mère, qu'est vieille. Elle a des trous d'air dans la cervelle et elle n'atterrit pas tous les jours. Vous pouvez pas imaginer le mal que ça me fait, de la voir dans cet état. Une femme qui m'a mis au monde !

— Certainement que vous êtes une personne sensible, il a dit, mais comprenez que mes devoirs de fils m'imposent de prendre des mesures de sécurité. Je ne vous connais pas. Vous êtes nouveau dans la maison. Je ne me méfie pas. Non, ce n'est pas cela. Mais j'applique le principe de précaution. Un de vos prédécesseurs a failli la tuer. Je suis revenu juste à temps. À une minute près, ma pauvre maman périssait.

— Vous n'avez qu'à pas lui donner la clef, à votre mère ! j'ai dit.

— Cette maison est sa maison. Je l'occupe, mais elle appartient à maman. Elle est partie. C'était trop grand pour elle. Elle vit à l'hôtel du Beauséjour. Elle n'est pas souvent là. Elle voyage. Beaucoup.

— Les vieux de maintenant, toujours en vadrouille, j'ai dit dans un soupir compréhensif.

— Elle était en Chine, il n'y a pas une semaine. Elle est rentrée avant-hier. Je crois qu'elle repart dans huit jours pour Venise. De temps en temps, elle passe quelques heures ici, dans cette maison qui conserve tant de souvenirs de sa vie, de ce qu'elle a aimé, de ce qu'elle a entassé. Elle a vécu trente ans ici avec mon père.

— Trente ans, c'est un bail, j'ai dit.

— La mort les a séparés, il a dit.

— C'est souvent le cas quand on vieillit, j'ai dit.

— Vous comprenez pourquoi je tiens à préserver sa sécurité, il a dit.

— Surtout que des mères, on n'en a pas de rechange, j'ai dit.

— Je vous rassure tout de suite, il a dit, vous ne serez pas attaché souvent. Et quand vous serez attaché, ce ne sera jamais pour longtemps. Deux heures, environ. Trois, peut-être, s'il y a des bouchons en ville. Et vous serez installé dans un fauteuil. Confortable. Avec une douce ambiance sonore. De la lecture. Des biscuits. Vous voyez que le supplice n'aura pas que des mauvais côtés. »

Il s'exprimait d'une voix moelleuse, assez grave, un peu affectée. C'était une voix à endormir les couguars. Je me suis défendu de le trouver sympathique. Mais il m'attirait, il m'inspirait confiance. Même s'il m'avait laissé mon couteau, je n'aurais pas essayé de le tuer. Pas à ce moment-là. Il faisait son possible pour m'accueillir avec certains honneurs. Il ne me considérait pas comme un domestique. J'aurais pas supporté. À cause de ma psychologie basée sur l'idée de gauche. Moi je suis très liberté, très égalité, très fraternité. On me l'a déjà reproché. Il y en a qui me trouvent trop égalité. Mais moi je cause d'homme à homme avec les hommes. Moi, le pied d'égalité je l'étends à toute la personne. Tous pareils, dans l'ensemble. Je ne dis pas qu'on est tous frères, nos pères n'ont pas tous couché avec la même mère, mais on est très proches les uns des autres, si on considère ce qu'on a en commun, le nombre de doigts, le nombre de mains, le nombre de tête, la taille moyenne, la place du nez ou des oreilles, la manière de vider des tonneaux de bière ou de se foutre dans un merdier pas possible.

« Vous voulez manger quelque chose de spécial, ce soir ? » il a dit.

Il me prenait à sec. Je lui aurais bien dit : des frites. Mais l'odeur des frites, ça ne s'harmonise pas avec une maison comme celle-là. Mais à part les frites, je ne voyais rien.

« Est-ce que des frites vous feraient plaisir ? » il a dit.

Je sais pas comment il faisait pour deviner mes pensées les plus personnelles. Penser aux frites n'est pas une pensée vraiment personnelle. Tout le monde y pense. Il avait dû lire des sondages sur la question. Il savait que les frites, ça fait plaisir à tout le monde.

« Bon pour les frites », j'ai dit.

Je me suis juste demandé s'il penserait à la mayonnaise. Il n'avait pas une allure à penser à la mayonnaise. Il me voyait comme un fils du peuple. Il savait que le fils du peuple aime les frites. De là à faire le rapprochement avec la mayonnaise, il y avait loin.

Mais il a dit, texto :

« Il y aura de la mayonnaise. »

Franchement, c'était quasiment du Jean Jaurès.

Le plus dur pour le moral, c'était d'être ligoté. Il m'avait expliqué ses raisons, le con. Elles étaient valables. Mais j'éprouvais quand même un sentiment d'humiliation. Il ne me faisait pas confiance. Il pensait que je représentais un danger pour sa vieille maman. Il le pensait vraiment. Ce soupçon me blessait. Le couguar n'est pas susceptible, mais il est fier. Je devais avoir bonne mine, moi, lié dans ce fauteuil spécialement aménagé pour immobiliser un homme d'une corpulence honorable. Les pieds étaient fixés dans le sol. Je pouvais bouger la tête et déplacer les mains dans un rayon d'une vingtaine de centimètres. Assez pour taper dans le paquet de biscuits. J'avais refusé le livre qu'il me proposait. Le besoin de me laver la cervelle commençait à se faire pressant. Je voulais réfléchir, au calme, sans émotion. En couguar.

« J'espère que la vieille ne viendra pas », j'ai dit en moi-même.

Pas envie qu'on me voie dans cette position dégradante. Je n'ai pas tenté de me dégager. Le con avait tout bien calculé. Il avait l'expérience. Je n'étais pas le premier à être retenu dans ce siège. Les autres étaient tous morts. Voilà ce qu'il arrive quand on veut jouer les gros bras. Je m'en garderais, moi. J'ai un tempérament protestataire, pourtant. J'ai la critique facile et la dent dure. J'ai lu des livres sur la révolution, sur les émeutes. Du livre de gauche, de la dialectique. Limite communiste. Ah oui, j'aurais pu tourner enragé ! Mais le communiste, il réclame trop fort le plein emploi, du travail pour tous. Il croit qu'on est tous bâtis de la même manière, qu'on rêve tous de trimer à l'usine, de crever à cinquante ans après avoir engraissé les patrons. Le communiste, il a le sentiment de bien faire. Ce qu'il cherche, c'est le bonheur de tous. Je le reconnais. Mais s'il met tout le monde à l'usine, forcément qu'il fera des malheureux. Il y a un tas de types comme moi qui se trouvent très contents de ne pas travailler. Du moins de ne pas travailler à la chaîne ou à l'ébarbage ou à monter des parpaings. On en meurt plus facilement que de ne rien faire.

Moi je travaille, à ma façon. Je refuse seulement qu'on m'exploite. Quand je pique quelque chose dans un magasin, je prends mes risques, comme le couvreur qui grimpe sur un toit. Je peux tomber. Mais ça sera toujours de moins haut que le couvreur. Quand je tombe, moi je tombe sur un flic. Du rembourré, donc. En province, le flic a de l'éducation. Si on est bon joueur, il est bon prince. Je ne me plains pas de leurs manières. On a toujours eu d'excellents rapports. Meilleurs qu'avec les détenus, en prison.

Ces pensées n'avaient pas encore fait le tour de mes préoccupations que la maman du con s'est annoncée en gueulant dans l'escalier. Elle avait une voix de folle. C'est là que j'ai appris que le con s'appelait Jacques. Jacques, c'est pas un nom de con. Ça m'a étonné, sans plus.

« Jacques ! Jacques ! Mon Jacques ! » elle braillait.

Il lui a fallu du temps pour arriver à l'étage. Le con n'avait pas menti, c'était une maman qu'un souffle pouvait emporter. Elle avait un cou qui ne demandait qu'une main pour être étranglé. Elle avait des vêtements de haute couture, avec des étoles, des écharpes, des superpositions de tissus, de chapeaux, de babioles. Un bric-à-brac qui forçait quelque peu le respect esthétique. Le visage ne mentait pas sur l'âge de la personne. À première vue, je lui donnais cent ans.

Quand elle m'a vu, elle a cessé d'appeler son Jacques. Elle m'a regardé.

« Vous n'êtes pas le même que la dernière fois, vous, elle a dit.

— Non. Je ne suis que d'hier soir, j'ai dit.

— L'autre n'a pas fait long feu à ce que je vois, elle a dit. Il était insupportable. Jacques faisait tout ce qu'il pouvait pour lui. Mais il y a des gens qui ne connaissent que le langage de la haine. Il m'insultait gravement. Je ne répéterai jamais ce qu'il m'a dit. C'est trop horrible. J'en ai pleuré, c'est vous dire. »

Elle allait et venait dans cette grande pièce où elle paraissait si petite. Ses mains caressaient un objet. Elle se penchait vers le détail d'un tableau. Revenait vers moi en fronçant les sourcils.

« Vous m'avez l'air bien calme, elle a dit.

— Même si je n'étais pas attaché, vous n'auriez rien à craindre de moi. J'ai mes défauts, comme tout le monde, mais je ne suis pas violent.

— Jacques a toujours craint le pire. C'est un être soucieux. Un angoissé. Je lui dis : Mais Jacques, tu sais bien que j'ai les moyens de me défendre. Mes voyages me font courir des risques autrement plus grands que tes pensionnaires.

— Vous revenez de Chine, j'ai dit.

— Jacques vous a dit ?

— Oui.

— Vous n'êtes jamais allé en Chine, vous ? elle a dit.

— Non.

— C'est vrai que c'est loin. Même en avion. Mais c'est un beau pays.

— La Grande Muraille ! j'ai dit.

— Effectivement. En Europe, on fait grand cas du maçon italien. Mais il faut voir les prodiges du maçon chinois.

— J'ai moi-même un peu travaillé dans le bâtiment, j'ai dit.

— Alors, la Chine vous plairait. »

Elle s'est assise sur le bout d'une chaise, pas loin de moi, pas tout à fait en face, ce qui m'obligeait à me tordre un peu le cou.

« Vous me regardez d'un drôle d'air, elle a dit.

— Pas du tout, j'ai dit.

— Il me semble.

— C'est pas volontaire, alors. Vous savez, madame, il ne faut pas faire attention, j'ai un œil de couguar. Je suis né sous le signe des félins. Rien ne m'échappe. Par exemple, je note que votre fils, c'est votre portrait tout craché.

— C'est vrai qu'il me ressemble, elle a dit. Mais il a le haut de mon pauvre mari.

— Il est mort, votre mari. C'est malheureux, quand on y pense.

— Un accident ridicule. Sur la route de Nancy. C'était un jour de pluie. Il s'était mis à l'abri sous l'auvent métallique d'une friterie. L'auvent lui est tombé sur la tête. Il est mort sur le coup.

— C'est le destin, à mon avis, j'ai dit pour dire quelque chose d'un peu au-dessus de mes moyens.

— Certainement. Mais pour la mort d'un mari, on rêve d'un endroit plus glorieux que la roulotte d'un marchand de frites. J'aurais préféré qu'il percute un platane. Mourir pour mourir, autant mourir là où la famille peut élever une petite stèle, et venir la fleurir une fois par an. Déposer une gerbe sur la roue d'une baraque à frites, non, vraiment, c'est trop dur.

— Il reste le souvenir, madame. Le souvenir, c'est là que ça se tient.

— C'est bien peu de chose quand on a aimé, croyez-moi.

— C'est déjà mieux que rien », j'ai dit.

Elle s'est tue, car le silence s'accorde magnifiquement aux grandes douleurs. J'ai hoché la tête.

« Vous savez, elle a dit, vous me regardiez d'une drôle de façon parce que ce n'est pas la première fois que vous me voyez.

— Je crois que si.

— Non, non, elle a dit, cherchez bien, vous m'avez déjà vue, et plus d'une fois. Il y a une trentaine d'années. Souvenez-vous.

— Je ne vois pas.

— J'ai changé. En trente ans, on change.

— C'est la loi de la nature, j'ai dit. Moi-même, il y a trente ans, je n'étais pas du tout le même qu'aujourd'hui. Pourtant, mais je veux pas rentrer dans les détails, je m'entretiens.

— Regardez-moi bien, elle a dit en suivant son idée.

— Oui, j'ai dit.

— Vous regardiez la télévision, il y a trente ans.

— Bien sûr. Comme tout le monde.

— J'étais speakerine. Monique Cageot. Ça vous dit quelque chose ? »

Elle me faisait son sourire de vingt heures trente. Monique Cageot, ce nom n'était pas sans éveiller des échos dans ma mémoire. Mais j'avais de la peine à ajuster le nom et le visage. Et puis, ça m'est revenu, imparfaitement. Je me suis souvenu qu'elle avait présenté une émission de variétés pendant toute une époque.

« Ça vous dit quelque chose ? elle a dit encore.

— Monique Cageot ! On ne connaissait que vous. On vous voyait le dimanche après-midi.

— Exact. Mais l'émission n'a duré qu'une saison. Savez-vous qu'à l'époque je recevais plus de mille lettres par jour.

— Les gens ont toujours été cons, j'ai dit.

— Comment ? » elle a dit.

C'était la gaffe. Il ne faut jamais dire ce qu'on

pense à ces gens-là. Elle a fait celle qui avait compris autre chose. Je n'ai pas insisté. Ça m'avait échappé. On ne contrôle pas tout. Attaché comme je l'étais, je ne me trouvais pas non plus dans une position idéale pour calculer mes effets et prendre du recul avec l'actualité du moment.

C'est vrai quand même que les gens sont cons. Il faut être con pour écrire aux animateurs de la télé, au prix où sont les timbres. Qu'est-ce qu'on en a de plus, après ? Une photo dédicacée ? Pas de quoi remplir une vie.

« Plus de mille lettres par jour ! » elle a dit encore.

C'était un chiffre qui lui tenait à cœur.

« Pourquoi, ils vous écrivaient, les gens ? j'ai dit.

— Me demander des conseils sur toutes sortes de problèmes qu'ils rencontraient dans leur vie. Ils voulaient aussi des astuces de maquillage, des adresses de bons restaurants. Ils voulaient savoir où j'allais en vacances.

— Vous répondiez ?

— Il y avait un service pour ça. On leur envoyait une photo dédicacée.

— Vous en signiez mille par jour !

— Non, non, on avait fait fabriquer un tampon. La secrétaire se débrouillait. J'ai conservé toutes ces lettres. Elles sont dans les placards de la lingerie, en bas. Il y en a au moins un million.

— Un million !

— Sans doute plus. Si ça vous intéresse, je dirai à Jacques de vous en remonter un panier ou deux. Ou vous lui demanderez vous-même. Vous êtes un grand garçon, n'est-ce pas ? Vous avez une langue et vous savez vous en servir. Ça vous intéresse ?

— Je pense bien, que ça m'intéresse. Moi, quand je suis dans le magazine télé, la première chose que je lis, c'est le courrier des lecteurs. C'est là qu'on sent vibrer l'âme d'un pays. J'aime ça. »

Pendant une heure, elle a été intarissable. Les vieux sont riches de vieux souvenirs. Elle me parlait de Léon Zitrone, comme si elle l'avait quitté la veille. Léon Zitrone m'était tellement indifférent que je ne savais même pas qu'il était mort.

« Si, si, elle a dit, il est mort, malheureusement. Il était trop gros pour vivre longtemps. »

Elle m'a obligé à me souvenir de Léon Zitrone, alors que je l'avais si bien oublié que pour moi c'était comme s'il n'avait même jamais existé. Il avait pourtant été célèbre. Mais la célébrité de la télévision, ça s'éteint quand on éteint le poste.

« C'est grâce à Léon que j'ai rencontré Lazare Dinguet. Il était dans le poêle.

— Les poêles *Dinguet*, tout le monde en avait, j'ai dit. Mes parents en avaient un. Le modèle *Art Nouveau*, avec des serpents et des salamandres. Les poêles *Dinguet*, "le poêle fait avec amour pour donner une chaleur de velours". Une bonne marque.

— Le poêle *Art Nouveau*, c'était pour le bois.

— Ils avaient aussi la cuisinière *Grand Chef*.

— La *Grand Chef*, c'était au bois aussi. Un beau produit. Mais il y avait la gamme fuel. Vous avez connu la gamme fuel ?

— On était plutôt bois en ce temps-là. On habitait rue Bourbon, comme qui dirait dans un taudis. Le quartier était en ruine. Le marchand de bois était moins loin que le marchand de fuel. Tout le quartier était au bois. Le fuel, ça allait plutôt pour les pavillons.

— Vous n'avez donc pas connu *Le Locarno* ? Ni *Le Valparaiso* ?

— De nom, oui. Mais à l'usage, non. Et c'est pas demain que je pourrai remonter la pente, parce que maintenant on chauffe au gaz russe. On a le tube qui passe juste sous la fenêtre où j'habite. »

Je me faisais aimable. Les vieilles personnes, faut les aider à vieillir sans les bousculer. Elles aiment bien raconter leur vie. J'écoutais.

J'abondais dans son sens. Compassionnel, quoi. Elle avait suivi Lazare Dinguet dans cette région où il avait ses usines. Jacques était né. Elle aurait bien voulu qu'il fasse de la télévision, comme elle. Devenir célèbre, c'est un but dans la vie. Il n'y en a pas d'autres. L'anonymat est triste. C'est le pire qui puisse arriver à un être humain.

Ses propos sur l'anonymat me choquaient. Réussir la gloire n'est pas mieux que de réussir l'anonymat. En tant qu'anonyme volontaire, n'ayant jamais cherché à me faire connaître, j'estime avoir réussi mon anonymat. Personne ne me connaît. Même dans les bistrots que je fréquente. Je suis le type qu'est au coin du bar et qui se sèche quelques bocks en attendant que les aiguilles se mettent à l'heure de la fermeture. On sait que je suis basé sur l'idée de gauche, je ne cache pas mes idées. Mais c'est tout ce qu'on sait. Je suis une tendance politique. C'est ma réputation. Je suis connu pour ça. On admet que je vide mon tonneau sans emmerder la clientèle. Je ne me suis jamais effondré. Après dix litres, je suis encore assez lucide pour me dire qu'il y a un moment pour tout et que le moment de se modeler la couenne dans les toiles est arrivé. Karine gueule en me tirant la porte quand je fais battre la cloche, mais c'est plutôt que je la dérange au milieu du feuilleton.

76

Quand je rentre au radar, j'ai encore la volonté de marcher droit, de grimper les escaliers sans cogner les marches, de prononcer des paroles gentilles, de bander des promesses merveilleuses. Et un peu grossières, quand même. Les femmes aiment bien qu'on leur parle comme à des adultes. Karine, elle possède les bonnes manières sur le bout des doigts. Elle est sortie major quasiment de l'école ménagère. En cas de besoin, elle saurait où placer l'évêque et l'académicien si ces gens-là venaient manger à la maison. On lui a appris. Elle l'a retenu. En plus, comme elle veut pas perdre la main, elle se perfectionne en lisant les livres de Nadine de Rothschild, un genre de Léon Zitrone du savoir-vivre, mais capable, elle, de se goinfrer la soupe sans faire un bruit de chasse d'eau en cours de remplissage.

Un exemple : Karine, elle m'oblige à bouffer le bouillon cube aux vermicelles avec le bout de la cuillère. Le bout. Une gymnastique ingrate, disons-le, car le geste n'est pas naturel. Depuis mon plus jeune âge, je me sers du côté de la cuillère. En fils du peuple. Quand on se caille une bisque d'homard aux plantes exotiques, je comprends qu'on y aille du bout de la cuillère. Mais le bouillon cube vermicelles, honnêtement, ça ne demande pas autant de précautions. Surtout que je rajoute de la biscotte cassée et du camembert. Des fois même une bonne larme de vin rouge, pour affiner le goût. Manger de la pâtée avec des légèretés de cerisier en fleur, non, merci. Je le fais pour Karine, pour l'amour de Karine, pas par savoir-vivre.

« Mon fils était fait pour être célèbre, elle a dit. Dès son plus jeune âge, il a eu tous les talents. À cinq ans, il composait un hommage musical au général de Gaulle. À huit, il jouait *Le Cid* de Corneille à la fin des repas de famille. À douze ans, il a peint une allégorie sur le Saint-Esprit. À l'huile s'il vous plaît. Un peu dans le style de Fra Angelico. Vous connaissez Fra Angelico ?

— De vue seulement.

— À douze ans, Jacques peignait mieux que Fra Angelico à cinquante. Un enfant comme celui-là fait la fierté d'une mère. C'est pas tous les jours qu'on met au monde un génie.

— Ah, le génie, ça ne se fait pas aussi facilement qu'un pet dans le métro ! »

Elle a pris son air désolé. Un instant, j'ai pensé qu'elle allait pleurer. Son chagrin la faisait trembler. Quand les vieilles personnes se mettent à trembler, c'est mauvais signe. Je n'avais pas envie qu'elle claque devant moi. Jacques m'aurait soupçonné d'y être pour quelque chose.

« Voyez-vous, Mai soixante-huit a balayé tout ça. Mon mari a été séquestré. Il a prononcé des paroles qui manquaient de démagogie. Le

78

peuple a voulu avoir sa peau. Nous étions riches et célèbres. Donc du mauvais côté de la révolution. La télévision m'a remerciée. Après vingt ans de services bons, loyaux et républicains. J'ai beaucoup souffert. Quand l'ordre est revenu, la société avait changé. La France forniquait avec la médiocrité. Pompidou a fait ce qu'il a pu. Mais il était trop tard. Le ver était dans le fruit. Jacques Cageot-Dinguet, un beau nom d'artiste, fils de Monique Cageot et de Lazare Dinguet, a vu se fermer toutes les portes devant lui. Le pays était aux mains des égorgeurs rouges. Quel gâchis ! »

Je me suis félicité d'être resté discret quant à mes idées basées sur la gauche. Elle était tellement remontée, la vieille peau, qu'elle m'aurait fichu un mauvais coup, pour se venger. Il y avait de la haine dans son regard. Je l'ai vue.

Après les frites mayonnaise, boulettes sauce tomate, j'ai été heureux de me mettre au lit. Six heures, j'avais passé ligoté sur le fauteuil. Le Jacques ne revenait pas, la vieille en avait marre d'attendre, elle s'est barrée. Ou plutôt : elle a pris congé, comme on fait quand on a du pognon. Elle m'a abandonné dans le beurre.

Quand le Jacques a su que sa mère était passée et qu'il l'avait ratée, il lui a couru après, sans prendre la peine de me décoincer. Ils ont dû se raconter la Chine de long en large, parce qu'il n'est réapparu que trois heures plus tard. J'avais même plus le courage de regarder la pendule. Je ruminais de vilains raisonnements. Je commençais à en vouloir à mes parents de m'avoir fait.

Par moments, j'essayais d'inventer quelque chose de mortel pour me débarrasser de Jacques. Le prendre en traître. Lui assener une chaise derrière la tête. Je me serais acharné. Je me connais. Je suis dur à m'échauffer, mais quand la rage me prend je deviens comme fou. J'y pense souvent. Quand je lis dans le journal qu'une femme a été assassinée de soixante coups de couteau, je comprends. Je n'excuse pas : je comprends. Je ferais pareil. L'instinct me pousserait à perforer dans l'excès. Je me vois larder le corps. Je voudrais arrêter, mais je ne peux pas, je suis sur mon élan, et c'est un élan qui ne se fatigue qu'au bout de soixante coups de couteau, bien pesés. Des fois, quand je pense à ça, je me fais peur. Et je prie le bon Dieu qu'il ne me donne jamais de bonnes raisons de tuer quelqu'un. Ça serait un carnage. Je ferais la une du livre des records.

Sur le moment, dans le feu de l'action, on ne se rend pas compte. On plante la lame. On a l'impression de faire un trou pour repiquer une salade. Le geste est simple. On est concentré autour du ressentiment qu'on éprouve à l'encontre de la personne qu'on opère. On ne pense à rien d'autre. C'est ça, tuer. Par la suite, on s'entend reprocher le nombre de coups de couteau. Comme si c'était moins grave d'assassiner du premier coup. C'est juste plus propre. Mais au niveau du résultat, je ne vois pas la différence. Les tribunaux jugent le crime par ouï-dire. Dans la délicate discipline du crime, ils ne peuvent se prévaloir d'aucune expérience. Si un juge se mettait à tuer — dans le cadre de son travail, évidemment —, je suis certain qu'il y prendrait goût. On devient juge la plupart du temps parce qu'on ne peut pas vivre sans le mal. Les juges sont heureux quand on leur raconte des histoires saignantes. Ils aiment ça. Ils se régalent. Ils n'en ont jamais assez. Le vrai pervers, ce n'est pas l'assassin, c'est le juge qui ne peut pas se passer du travail de l'assassin. Voilà ce que je pense. Le juge, c'est un drogué. Il est sous dépendance. Si demain les assassins décrétaient la grève générale, la moitié des juges deviendrait neurasthénique et l'autre moitié découperait les rombières en morceaux. Les avocats apprécient aussi le crime. C'est leur gagne-pain. Mais ils sont moins vicieux que les juges. Les avocats, tout leur est bon, pourvu qu'il y ait du pognon à ramasser.

Quand il m'a détaché, le Jacques s'est excusé de m'avoir fait attendre. Je lui ai quand même signalé que je commençais à me lasser. Que le moral chutait.

« Et si vous n'étiez pas rentré ? j'ai dit. Que vous auriez eu un accident de voiture.

— Ce serait un problème, en effet, il a dit.

— J'aurais crevé, là, dans le fauteuil.

— Je pense que vous n'auriez pas eu d'autre solution.

— Alors, tâchez de toujours bien faire attention sur la route. »

Il devait sentir qu'il m'avait énervé, parce qu'il se montrait affable, attentionné. Nous avons bu le thé. C'est lui qui servait. J'ai choisi les biscuits à la noix de coco. Une recette que je ne connaissais pas.

« Je les fais venir d'Angleterre », il a dit.

On a parlé de sa mère, que je trouvais très bien pour une personne de cet âge. Il était content de mon appréciation.

« Vous vous êtes bien entendus, il a dit.

— Parfaitement. N'oublions pas que les vieillards sont la mémoire du passé révolu.

— J'aime beaucoup cette formule, il a dit.

— Les vieillards ont l'expérience qui manque à la jeunesse. Ils ont beaucoup à nous apprendre.

— Nous ne sommes plus si jeunes », il a dit.

Je l'ai regardé en prenant un peu de recul sur ma chaise. Et j'ai dit qu'il me paraissait presque juvénile. Son œil a frisé. Ce con était sensible aux compliments. Il faisait sa cinquantaine. Guillerette. Mais les années le mettaient déjà à l'ombre. Il n'avait jamais manqué de rien. Des parents riches et célèbres. La plage en été, la neige en hiver. De bonnes écoles, de bonnes chaussures. Et puis l'héritage. Le pognon ça entretient la bonne humeur. Et la bonne humeur, c'est la santé. Mais le temps qui passe, c'est pour tout le monde.

« Vous l'avez vraiment trouvée bien, ma mère ? il a dit.

— Mieux que bien, j'ai dit.

— Je me fais toujours du souci pour elle, il a dit. Elle a l'air solide, mais vous savez tous ces voyages la fatiguent. Elle a la tête qui s'épuise. Je vois ça. Elle radote un peu. Vous avez remarqué, qu'elle radote ?

— Je ne l'ai vue qu'une fois. En principe, on se répète la deuxième fois. On ne radote qu'à partir de la troisième. »

En fait, il voulait savoir ce qu'elle m'avait raconté à son sujet. Il semblait vaguement anxieux. Je lui ai dit qu'elle n'avait rien confié qui puisse lui être désagréable, à lui. Au contraire. Elle m'avait brossé le portrait d'un être doué, intelligent, artiste, sensible. J'étais un peu court d'adjectifs, tout d'un coup. À cause du thé. D'ordinaire je puise mon inspiration dans la bière. Après quelques bocks, mon vocabulaire prend son essor. Je peux disserter sur n'importe quoi. J'ai des envolées. C'est dans ces moments-là que j'écris mes meilleurs poèmes. L'alexandrin me coule de la bouche comme l'eau d'une fontaine, comme la mousse d'une pompe de comptoir. Le thé aurait plutôt une influence régressive sur mon mental. Ce n'est pas une boisson qui renforce le caractère de l'homme. J'ai fait la moue. Mais c'était pour moi-même et sans intention spéciale à l'adresse de Jacques.

« Vous n'aimez pas le thé ? il a dit.

— Pour tout dire, une petite bière ferait mon bonheur.

— Il n'y a pas d'alcool dans cette maison, il a dit. Par sécurité. On ne sait jamais ce qui peut se passer dans la tête d'un homme qui a bu.

— L'alcool ne me fait rien à moi, j'ai dit. D'abord, j'ai toujours su m'arrêter à temps. Ensuite, quand j'ai un peu chaud, je deviens poète.

— Tiens donc ? il a dit.

— Je compose des vers de douze pieds. Des alexandrins. Les idées qui me viennent me viennent sous cette forme-là. Des choses jolies. La rime fait beaucoup pour la beauté de l'alexandrin. Je suis très fort à la rime. Je peux faire rimer n'importe quel mot. C'est pas évident. Il faut savoir. Je ne dis pas que c'est un métier, mais il faut savoir.

— J'ai moi-même tâté un peu du vers classique, il a dit. Rien du tout, n'est-ce pas ? J'ai écrit une tragédie qui a pour héros Geoffroy de Bouillon. Quatre actes.

— Genre Racine ? j'ai dit, pour montrer que je savais surmonter mes ignorances.

— Corneille, plutôt, il a dit.

— Je connais des poèmes de Corneille. Il a beaucoup parlé de son bras. Il le promenait en bandoulière à travers l'Espagne. Mine de rien, il faisait un tabac avec ça.

— Vous connaissez des vers de Corneille ?

— Je veux. Mon bras que toute l'Espagne admire, mon bras qui tant de fois a sauvé cet empire, trahit donc ma querelle et ne fait rien pour moi ? Je m'en suis inspiré pour écrire un petit compliment à une femme que j'ai aimée, autrefois. Mais je ne parlais pas de mon bras. J'avais mis l'organe de circonstance. Je vous le dirais bien, mais vous comprenez c'est ma vie privée. Et ce qu'on offre à une femme ne doit pas sortir de cette femme.

— Je vous comprends. »

Il n'était pas con, le con. Il comprenait. Il me comprenait. Personne ne m'avait jamais aussi bien compris. Même Karine. Avec Jacques, tout con qu'il était, on pouvait discuter sérieusement. Il s'intéressait. Il m'a prié de déclamer un de mes poèmes. Je ne demandais pas mieux. Je lui ai balancé celui qui commence par cet alexandrin fameux : « Le Felge ou le Brançais, c'est du mareil au pême » et qui se termine par celui-ci, non moins fameux : « Ses zèles de gérant l'empêchent d'Euromarché », en passant par ce distique, désormais notoire, dans ma vie sentimentale :

Ah, je ferme les yeux et je revois ton cul !
Être aveugle sera désormais mon seul but.

Soufflé, il était. Il comptait les syllabes sur ses doigts. Il n'en revenait pas qu'un fils du peuple faisait ses besoins poétiques dans le jardin du Parnasse, à l'égal des plus grands, des Baudelaire, des Coppée, des Thomés, des Cordier.

« C'est de la poésie, en effet, il a dit. C'est de la poésie. Il n'y a pas de doute. C'est de la poésie. Et de la bonne !

— Comme disait Verlaine : En avant la musique et remue-toi les choses derrière ! Je suis sûr que vous aimez bien Verlaine, vous !

— J'ai longtemps travaillé sur son œuvre en vers. J'ai adapté ses poèmes à la musique de Wagner. Ça s'ajuste admirablement. Je vous ferai entendre cela un jour. »

Finalement, l'après-midi s'est écoulé avec une douceur amicale. Nous devisions entre créateurs, échangions nos vues et nos visions, nos souvenirs d'artistes et nos références. Il était très fort. Il connaissait tout ce qu'on peut connaître dans tous les domaines possibles. Je crois que sa mère avait raison. Les événements de Mai soixante-huit l'avaient privé d'une carrière longue et fructueuse. La malchance s'était abattue sur lui comme un pavé sur la gueule d'un flic. On avait foutu le feu à son potentiel. On lui avait cassé les pattes. Il m'en a touché deux mots, en aparté, car l'évocation des blessures anciennes ne s'exprime pas à la cantonade. Mais il a vite glissé, l'émotion lui serrait déjà la gorge, plus de trente ans plus tard.

En tant que basé sur l'idée de gauche, j'ai fait soixante-huit dans le camp adverse. Si je puis dire. J'avais dix-sept ans et je traînais les rues depuis deux trois ans déjà, après une scolarité qui ne me présumait pas un avenir d'intellectuel. Jusque-là j'avais fonctionné au rosé. C'est une boisson déloyale, mais quand on n'est pas un prix de vertu soi-même on lui trouve comme un air de famille.

Au début de la révolution, j'ai rencontré une professeur de français très portée sur la gauche. Elle avait bien dix ans de plus que moi. Je la revois sur le perron de l'Hôtel de Ville. Elle prônait la libération sexuelle. Elle ne devait pas savoir encore exactement ce que c'était, parce qu'elle était obligée de lire sur un papier. C'était une malade de l'émeute. Une agitatrice. Une factieuse. Elle voulait tout foutre par terre, démolir les églises, couper des têtes, se baigner dans le sang des bourgeois. Ça m'étonnait un peu, vu que chez elle elle n'écoutait que les disques de Félix Leclerc. J'aimais pas tellement le Canadien, mais je ne disais rien. À cette époque, on ne faisait pas l'amour aussi facilement qu'aujourd'hui. Du moment qu'elle couchait avec moi, je voulais bien n'importe quoi. J'étais même prêt à raffoler de Tino Rossi.

En ce temps-là, je n'avais rien à perdre, sauf du temps. Je la suivais dans les manifestations.

Elle m'a appris le début de *L'Internationale.* C'était pas mieux que Félix Leclerc. Mais j'aurais appris les paroles en caucasien, si elle me l'avait demandé. Ces femmes-là ne gagnent pas à être contrariées. Elles sont tellement entraînées à en vouloir au monde entier, qu'elles n'ont aucun mal, le cas échéant, à en vouloir à un type tout seul. Je me méfiais. Je me tenais à carreau. La nuit, entre deux coups, elle faisait mon éducation politique. On baisait en camarade, selon elle. Je lui disais quand même que je l'aimais. Elle avait beau me répéter que l'amour était un sentiment bourgeois, elle restait sensible à la romance. Elle ne parlait que de tambours, mais c'était les violons qui la faisaient rêver. J'étais encore naïf. Je croyais à ce que m'avaient raconté les nantis et leurs valets du clergé. Il me semblait même que la fidélité avait quelque chose à voir avec l'amour. Elle me disait que non, presque à se fâcher. Tout le monde devait coucher avec tout le monde. Un soir, j'ai couché avec sa copine, une prof de maths. Pas par idéologie, seulement parce qu'elle me faisait bander. L'autre nous est tombée dessus. J'ai pas pu finir. J'étais sur le point, pourtant. Il a fallu que ça se ravale. J'y pense encore avec regrets. C'est dire si la frustration poursuit l'homme qui en est victime. Elle gueulait. Une furie. Elle ne m'a pas laissé le temps de me défendre. De m'expliquer. Elle m'a traité avec des mots que ne salivent d'habitude que les épouses de notaires.

« Enfin, camarade », j'ai dit.

Elle m'a foutu à la rue. Quand j'ai revu sa copine, le lendemain, elle a fait celle qui ne me reconnaissait pas. J'ai presque eu du chagrin. Le Jacques, il a eu à pâtir de la révolution, c'est certain. Mais elle ne m'a pas épargné non plus. Ça nous a fait un point commun. Avec la poésie, ça en faisait deux. Je me suis demandé si je n'étais pas en train de me faire un début de syndrome de Stockholm. J'ai mis la télé.

Au bout d'une heure, j'ai compris qu'elle était bloquée sur la chaîne du téléachat. Il n'y avait rien d'autre. J'ai regardé pendant une bonne partie de la nuit. Je ne savais même pas que ça existait. Avec Karine, on était plutôt séries, feuilletons, films, téléfilms. Même quand j'ai gagné la patate, il nous serait pas venu à l'idée d'acheter à la télé. Nous, ce qui nous plaît, c'est d'aller au magasin, de visiter le truc dont on a envie, de le toucher, de regarder s'il correspond bien à ce qu'on pensait. On le gerbe sur le Caddie. On pousse ça devant nous, très fiers d'avoir les moyens de se payer quelque chose que tout le monde ne peut pas se payer. On traîne longtemps dans les allées, qu'on nous voie bien, qu'on en fasse enrager plus d'un. La fois du four à micro-ondes, c'est bien simple on est arrivés pendant midi et on a fait la fermeture. Tout le quartier a su qu'on ne s'était pas servis dans le bas de gamme. Avec le bouche à oreilles, je suis sûr que la nouvelle s'est répandue jusqu'au centre-ville. Il y a même des gens qui ont attendu, pour voir si on n'allait pas se dégonfler avant de passer à la caisse. Ils supputaient que c'était du flan, notre achat. Qu'on se vantait. Qu'on voulait faire croire des choses. Ils attendaient le moment qu'on aille replacer le micro-ondes dans les rayons et l'échanger contre une boîte de pêches au sirop. Niqués à fond, ils ont été. Vexés, mais impressionnés, de voir qu'on étalait les billets, tous crus sortis de la poche du blouson, comptés sur le tapis, en cognant le pouce. Même qu'il en restait un paquet, de quoi acheter tous les micro-ondes du supermarché, quasi.

À la longue, le téléachat ça tue le bonhomme. Pas tant que les téléfilms, mais pas mal. Les surprises sont plus nombreuses. Les nouveautés se pressent les unes derrière les autres. La casserole avec la queue qui se plie, la moulinette à couper les pommes de terre en guirlande, la machine à faire du pain sans fatigue, le rénovateur de carrosserie, le sécateur télescopique, le fauteuil vibromassant, la nuisette musicale, l'escabeau à monter les blancs en neige, le marteau pour clouer dans les coins, la calculette qui donne l'heure dans toutes les langues.

Chaque article, c'est à la fois un suspense et un miracle. Je m'émerveille sans rancœur devant des produits que je ne peux pas m'offrir, mais au bout de trois ou quatre, quand on n'a que ça à voir, l'enchantement aurait tendance à mollir. Chance, j'étais bien installé. Le lit obéissait au doigt et à l'œil. Je le calais dans des positions très cossues. C'était mon baptême de lit électrique. Le téléachat n'en proposait pas ce soir-là. Mais il aurait pu. Ça entrait vraiment dans le cadre de l'émission. Je ne pouvais pas lever les pieds trop haut ni baisser la tête trop bas, si je voulais continuer à voir l'écran. Même quand on s'étale dans le pognon, on est soumis aux contingences de la bonne mesure. C'est ce que disait ma mère : « Trop c'est chiant et pas assez c'est emmerdant ! » Disant cela, elle ne prétendait pas faire œuvre de philosophe, mais quelque part elle n'avait pas tort.

Je me suis endormi en laissant le poste allumé. Je n'avais pas eu beaucoup le temps de réfléchir à ma situation. Jacques me séquestrait. J'étais un genre d'otage. Je ne consentais que pour ne pas faire d'histoires. Les cadavres entreposés dans la cave m'indiquaient les conduites à ne pas suivre. Je voulais bien n'importe quoi, même tirer mes journées attaché sur un fauteuil, mais pas en arriver au point de ne plus pouvoir résister à l'envie de mettre fin à mes jours. Le suicide ne m'a jamais tenté. J'y ai pensé. L'homme qui se targue de profondeur pense au suicide une ou deux fois par an. C'est un sujet de méditation. Quand je me trouve dans les ennuis, je me dis toujours que c'est le bon moment pour songer un peu à en finir. Ça me délasse. Les deux ou trois séjours que j'ai passé en prison, dix jours par-ci, quinze jours par-là, ont été les points forts de ma démarche mortifère.

Mais c'est toujours pareil, se suicider en prison, c'est se condamner à une peine qui a été abolie par des gens basés sur l'idée de gauche, approuvés par une majorité de gens basés sur l'idée de droite, lesquels, pour une fois, estimaient que les gens basés sur l'idée de gauche avaient raison. Ce n'est pas si fréquent.

Si tout le monde est contre la peine de mort, je ne vois pas pourquoi j'y serais favorable à titre personnel. Et pour mon seul bénéfice. Non, non. Comme disait le grand poète : Il faut tenter de vivre. Voilà un demi-alexandrin qui ramone aussi grave qu'un complet.

Le Jacques, il avait minimisé la tâche, avec ses deux heures de ménage. Pour y aller bien à fond, que tout soit nickel, la matinée suffisait à peine.

« Tout dépend de la vitesse du geste », il a dit quand je lui en ai fait la remarque.

Il en avait de bonnes, lui. La vitesse du geste, qu'est-ce que c'est ? L'aspirateur aspire à son rythme et selon sa puissance. La vitesse avec laquelle on le promène ne joue pratiquement pas. Il m'avait bien prévenu d'aller dans les coins, sous les meubles, de faire les plinthes, l'intérieur des placards. C'est du travail. Et puis, il y avait les poussières, le dessus des lampes et des tableaux, les tables, le coup sur les fauteuils, les chaises, les objets.

Tout en œuvrant, je cherchais un bronze que j'aurais pu transformer le cas échéant en arme contondante. Mais il avait dû prévoir la tournure d'esprit de ses pensionnaires. Je n'ai trouvé que des choses fragiles, des choses molles ou bien des choses minuscules. Il y avait bien les marbres représentant les douze Césars, mais ils étaient scellés dans leur support. Dans la cuisine, la vaisselle était en carton, les couverts en plastique et les casseroles en alu.

Je n'avais pas de mauvaises intentions. Je voulais seulement préparer l'avenir, au cas où le con aurait eu des tentations homicides à mon encontre. Avec ces mecs aimables, il faut se méfier. Ils sont traversés par des fantasmes sanglants. Un jour, ils se montrent charmants, le lendemain ils tirent dans le tas. La cave n'abritait pas que des suicidés. J'étais certain qu'il y avait dans le nombre quelques rebelles qui avaient payé de leur vie un goût trop prononcé pour la liberté. Le con, je le voyais capable de flinguer si l'aspirateur n'avait pas été passé selon ses recommandations. Il ne se séparait jamais de son kilo de métal. À mon avis, ça devait le démanger de s'en servir. Il pouvait dégainer par caprice. C'est souvent comme ça, les enfants de gens riches et célèbres.

Il était descendu à la chaufferie, donner ses ordres à un réparateur. Il y avait une panne électrique. C'était relativement grave. D'après lui. Quand il est remonté, il a inspecté la pièce que j'étais en train d'aspirer.

Il m'a dit qu'il allait prendre sa douche. Je lui

ai dit : « Bonne douche ! » Et j'ai continué mon boulot d'assainissement. J'avais à cœur d'insister sur les tapis. C'est là que se nichent les acariens, je l'ai vu à la télé. J'ai laissé filer quinze minutes. À l'étage, le con remuait encore entre les portes. Quand j'ai entendu la douche, j'ai pris une serviette en papier, un bout de crayon et j'ai griffonné un message à l'attention de Karine.

En bas, l'électricien tripotait dans un boîtier. Il a eu peur en m'entendant derrière lui. C'était un rouquin avec une boucle d'oreille dans le nez et des moustaches à la gauloise. Je lui ai demandé s'il pouvait porter ce message à l'adresse indiquée. Il a voulu me poser une question.

« Pas de question, j'ai dit. C'est une affaire de vie ou de mort.

— De vie ou de mort ?

— Je ne peux rien vous dire de plus. »

Je suis remonté en vitesse, avant que l'autre ne s'aperçoive de mon absence. Malin comme un couguar, j'avais laissé le bruit de l'aspirateur dans la pièce. Quand j'ai réintégré mon poste, la douche baroudait toujours en haut. J'ai mis plus d'ardeur à travailler. Le message signalait ma position à Karine, par rapport à la maison du bossu. Elle connaissait aussi un peu. Je lui laissais l'initiative des opérations. Je n'avais pas été jusqu'à lui recommander d'alerter la police, mais c'était lisible en filigrane. L'électricien avait roulé la serviette en boule dans la poche de son pantalon, comme un mouchoir qui a servi. Sa tête m'inspirait confiance. À cause de la boucle d'oreille dans le nez. Un type qui a une boucle d'oreille dans le nez, ce ne peut pas être n'importe qui. Il a le courage de ses opinions. Il s'affiche dans une esthétique radicale. Il fait face.

Voilà que je l'idéalisais. C'est normal. Quand on est pris en otage on se raccroche à la plus infime possibilité. Je ne voudrais pas sombrer dans un lyrisme de marchand de nouilles, mais ce message c'était une bouteille à la mer. Il y a de l'épopée dans la bouteille à la mer. Du naufrage, de la nature hostile, de l'île déserte, des familles séparées, des moments difficiles, mais il y a aussi l'espoir toujours le plus fort. On est humain ou on ne l'est pas. Ce rouquin, c'était la mer, éternelle rouleuse de galets où parfois, après un long voyage, les bouteilles viennent se briser et rendent au flot et à la vague la lettre qui aurait permis la mobilisation des secours, la rescousse de la famille. C'était pas gagné.

J'ai eu fini le ménage juste quand le con est apparu en costard à rayures, digne comme un banquier, une pochette rouge au veston et le cheveu gommé à la brillantine. Sans un mot, il est passé devant moi. Il est descendu voir où en était l'électricien. J'ai tendu l'oreille. L'électricien s'en allait. Ils ont discuté un petit moment tous les deux. Je ne comprenais pas tout. Mon cœur cognait, parce que le type avait eu beau me faire bonne impression il pouvait très bien me dénoncer. Ça se fait beaucoup dans l'artisanat. Ils sont tous à l'affût de l'amateur qui se gagne trois sous au noir en débouchant un lavabo ou en mastiquant un carreau sur une fenêtre. Combien de mes copains sont tombés sous les sournoiseries de ces corporations d'égoïstes ! Des dix ! Des douze ! J'irais jusqu'à dire des cents ! Des peintres, taupés pour un poil de pinceau dans une salle de bains. Des carreleurs, pour avoir remplacé un dessus-de-table basse. Des menuisiers, pour un coup de rabot à une porte coincée. J'ai même vu un plombier dégringoler pour un joint de robinet, pas plus. Le joint de robinet n'est pas un crime.

Enfin, la méfiance est une des composantes de l'instinct de survie. Électricien, rouquin, à son compte, trois raisons de rester circonspect. Mais mon cas relevait de la force majeure. J'avais eu soin de préciser : Une affaire de vie ou de mort. Ça remue les plus indifférents, des paroles aussi martiales. La vie, la mort, ce sont encore des valeurs dont les gens ne se foutent pas complètement. Il ne restait plus qu'à patienter. À croire que je n'ai que ça à faire sur la terre.

Jacques avait commandé du caviar. La veille, j'avais plaisanté sur ce sujet. Il voulait me faire plaisir, me récompenser de mon excellente mentalité. C'est ce qu'il me racontait. Je le croyais. J'ai toujours été un peu vaniteux. Dès qu'on dit du bien de moi, j'ai tendance à le croire sur parole, songeant brusquement que je me suis peut-être toujours trompé sur mon compte et mal jugé par une espèce de dérèglement de la modestie.

« Vous avez une certaine expérience des travaux domestiques, il a dit en plongeant sa cuillère dans la boîte de caviar.

— Avec Karine, on partage les tâches.

— Vous êtes un moderne, donc.

— Je ne sais pas. J'aime bien, moi, le chiffon, l'aspirateur, l'éponge, la bonne odeur des produits. Et puis, il y a que dans la vie faut être autonome. Si faut attendre quelqu'un pour se torcher, ça peut virer au sec. Moi je le dis sans prétention, je me torche moi-même. On est toujours assez compétent pour ça. Vous ne croyez pas ?

— Je crois que vous avez raison, il a dit. En tout cas je partage votre philosophie. Je n'attends rien des autres.

— C'est surtout que vous avez tout. Le pognon, la maison, un nom connu aussi bien dans les médias que dans l'industrie, pas de soucis. Ce que je veux dire, c'est que vous avez tout le temps de vous torcher vous-même. Vous n'avez que ça à faire. Nous sommes bien d'accord ?

— Je suis beaucoup plus occupé que ne le laissent supposer les apparences », il a dit.

Mentalement, je suivais l'itinéraire de l'électricien. Il devait avoir remis mon message à Karine. Elle se posait des questions. Je suis sûr qu'elle s'inquiétait pour moi. Trois jours sans nouvelles de son homme, il y avait de quoi la rendre folle de douleur. Elle est sensible comme un cor au pied. Les femmes amoureuses sont sensibles.

« Je voulais vous demander quelque chose, j'ai dit.

— Faites, je vous en prie, il a dit.

— Votre télé est très bien, j'ai dit. Mais elle ne reçoit qu'une chaîne.

— C'est exact.

— Une chaîne, c'est peu. Je suis habitué à mieux.

— Vous vous plaignez ?

— Loin de moi cette idée ! Non, non, cette chaîne est parfaite. J'adore le téléachat.

— Une merveille ! il a dit.

— Très juste : une merveille ! Mais tout de même un film de temps en temps, un match de foot ou de tennis, un documentaire sur les peuplades africaines, j'avoue que cela ajouterait ce rien de variété qui manque à mes loisirs. J'aime bien les dessins animés aussi. Et les informations. C'est important les informations.

— On s'en passe très bien, il a dit. Le téléachat nous permet de suivre jour après jour les progrès du monde. C'est une chaîne universelle. Elle nous renseigne sur la mode, sur la technique, sur les matériaux, sur les habitudes, sur les mœurs, sur la médecine. Bref, sur tous les sujets importants de la vie. De plus, c'est un monde d'enchantement et, je n'hésite pas à le dire, j'y vois la préfiguration du paradis.

— Le paradis ?

— En effet, celui qui nous est promis par la religion. Le téléachat donne l'image d'un monde sans imperfections. Chaque jour, tout y est neuf. Les fauteuils n'ont jamais servi. Les perceuses sont sorties de leur emballage comme des cadeaux. Tout est vierge. C'est pur, doux à respirer, tendre comme un perpétuel matin. Tous les problèmes, même les plus ardus, trouvent leur solution. Et cette solution est magique. Vous avez une vieille voiture, toute cabossée, dont le moteur ne tourne plus, aussitôt on vous propose une crème à débosseler la carrosserie et un rénovateur de mécanique issu des dernières recherches de l'industrie spatiale.

— C'est formidable, je ne le conteste pas.

— Les cellophanes amincissantes, vous connaissez ?

— Il me semble les avoir vues passer, mais je ne le jure pas.

— La housse de rangement sous vide ! L'ouvre-boîte qui délivre un message vocal quand il a fini d'ouvrir la boîte ! Le nécessaire de perçage et de vissage dans son coffret de rangement rationnel ! Le four pour cuire les volailles et les poissons verticalement !

— Oui, oui, j'ai dit.

— Et vous n'avez pas tout vu ! il a dit. Vous n'avez pas tout vu ! »

Il s'animait. Le sujet lui tenait à cœur, probablement. Il en oubliait de mastiquer le caviar et s'en envoyait de larges pelletées sans même prendre le plaisir de s'en régaler.

« Vous êtes un peu artiste, vous, il a dit.

— Poète, bien sûr.

— C'est pareil. Un homme comme vous ne peut qu'apprécier le téléachat. Parce que vous aimez la beauté, vous aimez la qualité, vous aimez l'efficacité et vous aimez les prix raisonnables. Je me trompe ?

— Non, non, c'est tout mon portrait que vous faites là ! » j'ai dit, pour ne pas le contrarier.

Avec le caviar, j'avais envie d'œufs durs. Le caviar c'est très bon et très fin, mais ça ne cale pas.

« Des œufs durs ? il a dit.

— Oui. On reste dans les œufs. C'est pas vraiment une faute de goût. »

Il y en avait dans le frigo. Il m'a demandé de me servir. J'en ai profité pour jeter un coup d'œil dans le compartiment congélation, au cas où il y aurait un brochet ou une grosse saucisse qui aurait pu me servir de gourdin. Il avait prévu aussi cette mauvaise pensée. Le congélateur ne contenait que des projectiles ridicules, de la taille d'un bouillon cube. Il était paranoïaque, du genre à congeler les croquettes à l'unité.

« Je vous conseille, il a dit, de déposer une cuillerée de caviar sur un œuf dur coupé en deux. C'est joli sur le plan des couleurs. Et c'est très bon au goût. »

J'ai fait ce qu'il me disait. Je ne suis pas pour les goûts de luxe, mais dans la vie il ne faut pas refuser les expériences. En essayant d'y mettre de la délicatesse, je me suis goinfré six œufs durs et douze cuillerées de caviar. Il avait raison, c'était excellent. Chic sans être prétentieux.

« Cet après-midi, je m'absenterai, il a dit. Je voudrais rendre une petite visite à ma mère.

— Vous n'allez pas encore me laisser des heures ligoté sur un fauteuil.

— Puisqu'il le faut, il a dit.

— Même si je vous jure que je ne tenterai rien pour m'enfuir !

— Il ne s'agit pas de cela. La maison est sûre. Personne n'a jamais réussi à s'en échapper.

— Franchement, toute la journée attaché, c'est la meilleure façon d'aliéner les bons sentiments que j'ai pour vous. Ne faites pas de moi une bête enragée, monsieur Cageot-Dinguet. »

C'était la première fois que je l'appelais par son nom de fils de patron et de vieille speakerine.

« Au mieux, il a dit, je peux vous enfermer à clef dans votre chambre.

— Ce serait déjà plus confortable, j'ai dit.

— Je ne veux surtout pas vous déplaire. Vous êtes mon invité.

— On ne demande pas à ses invités de passer l'aspirateur ! j'ai dit, repris par mon caractère revendicatif.

— J'aime votre franchise, il a dit. Je me permets toutefois de vous rappeler que je vous ai laissé la somme d'argent que vous avez eu l'amabilité de dérober dans le tiroir de la commode. Cela constitue le salaire d'une femme de ménage à temps plein pendant dix ans. Nous sommes bien d'accord ? »

Il me la jouait fine, le con ! Il m'avait laissé le pognon et maintenant il se donnait le beau rôle. Il se croyait le droit de faire de moi un esclave, de m'humilier en me commandant de passer l'aspirateur.

« Vous êtes nourri, logé et blanchi », il a dit.

Il parlait comme un patron. Il voyait tout ce qu'il faisait pour moi, il ne voyait pas ce que je faisais pour lui. Il n'avait pas l'air de comprendre que j'étais victime d'une prise d'otage, c'était ça le vrai du vrai. Le pognon rémunérait ma fonction d'otage. Pas les travaux domestiques que j'étais amené à effectuer dans le cadre d'une cohabitation entre personnes de bonne volonté. Attention. Je connais le code du travail. C'est parce que je connais le code du travail que je n'ai jamais tellement tenu à travailler. Ses règles sont très rarement respectées par les employeurs. Je le sais. J'ai quasiment des preuves. À une époque, je fréquentais un juge des prud'hommes. Pas le mauvais bougre, puisque alcoolique en phase terminale. Il s'habillait ample, mais son foie dépassait de la veste. Il m'a raconté les dossiers, les coups foireux, les jugements obtenus sur enveloppe des patrons, le pognon qui voyageait dans les chemises cartonnées. Lui, il avait touché du gras pour mener la grande vie avec des poules plus jeunes que lui. Le restaurant, les hôtels avec petits déjeuners dans la chambre, les voyages en première classe, quand on a encore un soupçon de moralité, ça ne peut pas être prélevé sur l'argent du ménage. Alors il se faisait graisser la patte. À la fin, il ne le cachait pas. Quand on sent qu'on n'en a plus pour longtemps on a intérêt à lâcher le morceau. Ça éduque les générations suivantes. C'est pour ça que le monde est monde depuis le début, parce que les traditions se transmettent.

« Si vous voulez, il a dit, quand vous serez dans votre chambre, je vous diffuserai un programme spécial.

— Un programme de quoi ?

— Un programme de télévision, il a dit. Vous voulez ?

— Si cela ne vous cause pas trop de dérangement.

— Je n'ai qu'à appuyer sur un bouton, vous savez. Il y a une installation dans mes appartements qui distribue les images et les sons dans l'ensemble de la maison.

— Si y a qu'à appuyer sur un bouton, appuyez donc. »

Pendant que j'y étais, je lui ai touché deux mots de ce que sa mère m'avait raconté au sujet des lettres d'admirateurs qu'elle recevait quand elle était speakerine.

« Ça vous intéresserait ? il a dit.

— Je sais pas si c'est possible, mais peut-être que je pourrais retrouver des lettres de gens que j'ai connus. Je crois que mon père était amoureux des vedettes de cinéma, des gens de la télé, tout ça. Il a quitté la maison quand j'avais sept ans. Il s'est barré avec la caissière de L'Eldorado. Elle ressemblait à Ava Gardner, avec cinquante kilos en plus. Ma mère m'a toujours dit que c'était une pute. Mais ma mère réagissait en femme blessée, elle exagérait. Vous savez, la femme blessée c'est excessif.

— L'homme blessé aussi, il a dit.

— L'homme blessé, je ne peux pas dire, j'ai pas connu. Mais, oui, je suppose que c'est pareil. Encore que l'homme, tout bien pesé, c'est pas pareil que la femme. C'est des choses auxquelles on ne pense pas dans nos époques d'égalité et de parité. On se force à voir tout le monde pareil. Mais il y a loin de la coupe aux lèvres, comme on dit.

— Vous avez souffert, il a dit, comme s'il prenait mon cas en considération.

— Je me rendais pas compte. J'étais trop jeune. Je sais seulement qu'Ava Gardner est pour quelque chose dans les raisons qui ont fait que mes parents se sont séparés. Je ne dis pas que j'en veux personnellement à Hollywood, mais pendant longtemps j'ai éprouvé une sorte de rancune. »

Il a fini sa tasse de café et l'a reposée juste dans le cercle prévu à cet effet au milieu de la soucoupe. Il donnait l'impression d'avoir fait ça toute sa vie.

« Si vous voulez, il a dit, et si cela peut occuper vos journées, vous pouvez classer tout ce courrier, essayer de l'étudier, en dégager des tendances, noter la fréquence de certains sujets, de certaines sollicitations. Faire une sorte de travail d'historien. Si cela vous tente, bien sûr. »

Je n'ai pas voulu m'engager avant d'avoir mesuré l'ampleur de la tâche. J'ai dit que oui, mais qu'il fallait « voir à ». Il m'a entendu d'une oreille bienveillante. Puis il m'a rappelé que le moment était venu pour lui de rendre visite à sa mère et pour moi de regagner docilement ma chambre forte. J'ai obtempéré. Mais je n'en pensais pas moins.

Si je n'avais pas eu les nerfs en acier, je me serais évanoui. C'était lui qui venait d'apparaître sur l'écran. Il présentait le matelas d'appoint « gonflable en moins d'une minute ». Lui. Et son nom s'était inscrit sur le bandeau : Jacques Cageot-Dinguet. Lui, en personne. Avec dix ans de moins. Le même, pour ainsi dire. L'air con. Le superlatif si colossal qu'il lui déformait les lèvres quand il se le poussait hors de la bouche.

« Ah ben, ça ! » j'ai dit.

C'est vrai, je n'en revenais pas. J'étais abasourdi. La surprise. Il aurait pu prévenir. Le con. Même étendu sur le lit, je sentais que mes jambes ne me portaient plus. Il s'adressait à moi, me regardait dans les yeux, me conseillait d'acquérir ce matelas par simple coup de téléphone et dans les plus brefs délais, car c'était une série limitée, une œuvre d'art, un objet d'exception. Il se donnait à fond, le con. Il sautait sur le matelas, pour montrer combien c'était solide, combien le bouchon tenait bien. Il se couchait, faisait celui qui s'endormait.

« Je me relève vite, car je m'endormirais », il disait.

Il haussait le ton pour bien spécifier que le produit était nouveau. Et il interrogeait les utilisateurs qu'il avait invités sur le plateau. Des clients satisfaits du téléachat.

« Ça fait cinq ans que je me sers de ce nouveau produit », ânonnait la bonne femme dans le micro qu'il lui tenait sous le nez.

C'est inhumain ce que les gens sont prêts à subir pour passer à la télévision. Ils épluchent d'un doigt, ils lavent facile à la main, ils fabriquent des croissants rien qu'en glissant des boules de pâte dans le four, ils repeignent les plafonds sans en mettre partout, ils se blanchissent les dents et se rincent l'intérieur des narines avec des machines extraordinaires. Ils ont fait tout cela, et ils témoignent, le petit doigt sur la couture, tout roses de bonheur, avec la certitude d'avoir enfin réussi leur vie. Jacques Cageot-Dinguet ne tarissait pas. Il se débrouillait comme un champion, maniait le sourire, la phrase élogieuse, le compliment à tiroirs. Il feignait l'émerveillement devant cet article qu'il vendait depuis des années. Il n'en revenait pas. Il disait : « C'est magique ! » Il disait : « Épatez vos amis ! » Il disait : « Dépêchez-vous ! Il n'y en aura pas pour tout le monde ! » Il disait : « Satisfait ou remboursé ! » Il ne prononçait que des paroles d'un classicisme parfait. Par cœur, il connaissait ses prières. Un génie, je n'hésite pas à l'affirmer. J'en avais des frissons, les larmes aux yeux. Je crois que je n'étais pas loin d'être fier d'avoir été enlevé par un type pareil.

Il avait mis bout à bout toutes les séquences où il apparaissait. Pas un temps mort. Il a occupé l'écran pendant six heures. Je n'en ai pas raté une minute. C'était du grand art. C'était diabolique de professionnalisme. Brillantissime. Géantissime. Gigantissime. Une révélation pour moi. Au théâtre, j'étais. Au cinéma. Aux anges. Petit à petit, je me sentais emporté dans un monde idéal. Le scénario ne connaissait pas la moindre faiblesse. On allait de surprise en surprise. On passait de l'écrase-purée à un trou au traducteur de formules de courtoisie en douze langues. De la calculatrice musicale à la chaussure à boussole intégrée. Jacques assurait le lien et le moelleux entre des séquences qui sans son talent n'auraient eu aucun rapport entre elles. Jamais il ne bafouillait. Jamais la moindre hésitation. Tout était cadré, huilé, exécuté de main de maître. La grande féerie du commerce déversait ses enchantements grâce à lui, qui en réglait le ballet, le débit, la mise en scène, qui en mettait le texte en valeur. Il s'agitait avec élégance.

« Putain, le con ! » j'ai dit.

Je l'ai redit à bien des reprises ce jour-là, tout en cherchant dans ma tête à composer le compliment en alexandrins que je me sentais obligé de lui servir au repas du soir, par gratitude immense, par reconnaissance de spectateur comblé. Il se faisait de plus en plus évident que nous étions entre artistes. L'admiration que j'éprouvais devant ses performances de télévendeur ne me dissuadait pas complètement de le tuer à l'occasion. Mais si Karine alertait la police je n'étais plus certain d'avoir envie de porter plainte contre lui. Je jouerais les étonnés. J'expliquerais que j'avais répondu à son aimable invitation, que je séjournais dans cette maison de mon propre gré. J'essaierais d'adoucir les angles, de normaliser la situation. Sauf si, mauvais joueur, il lui venait la revancharde idée de me reprendre le pognon. Dans ce cas, je ne me gênerais pas pour l'enfoncer. J'en rajouterais. Je parlerais de sévices, de tortures. Je conduirais les flics dans la cave. Il ne s'en remettrait jamais. Vingt ans de tôle, à son âge, il passerait directement de la prison au cimetière. Je le tenais. Il avait intérêt à marcher droit.

Comme la veille et comme le matin, j'ai recompté le pognon en l'étalant sur le lit. Ça m'excitait, parce que ça me faisait penser à Karine. Devant un tel pouvoir d'achat, elle allait tomber dans mes bras comme un fruit mûr, m'aimer si fort que ça en deviendrait presque gênant pour mon humilité d'homme basée sur l'idée de gauche. À l'heure qu'il était, elle avait lu et relu mon message et elle prenait des dispositions pour me récupérer en bonne et due forme. J'étais déchiré entre des sentiments contradictoires. J'ai reclassé les billets dans la table de nuit, en les répartissant en six tas d'égale hauteur, comme pour mieux les passer en revue, quand le besoin s'en ferait sentir. Je me suis dit que le moment était venu de faire le point.

Jacques ne m'en a pas laissé le temps. Le con. Je ne l'avais pas entendu rentrer. Il n'avait pas frappé ou si faiblement que je ne l'avais pas entendu. Tout de suite, son regard sur l'écran. C'était un moment où il vantait un coussin anti-hémorroïdes. Il a eu l'air embarrassé.

« Vous êtes très bien, j'ai dit. C'est le genre de matériel qui exige de la finesse. Faut savoir choisir les mots. Vous le faites très bien. Bravo. »

J'étais sincère. Il a soupiré, soulagé.

« C'est un passage délicat, il a dit. Je me suis demandé s'il ne fallait pas le couper au montage. Et puis, je l'ai laissé.

— Vous avez bien fait.

— Vous croyez vraiment ? il a dit.

— Si je vous le dis ! j'ai dit.

— Vous ne dites pas ça pour me faire plaisir ? il a dit.

— On voit que vous ne me connaissez pas. J'ai l'esprit critique très développé. Quand c'est pas bien, je dis que c'est pas bien. »

Il s'est dandiné devant le téléviseur. Il présentait le coffret du mécanicien à domicile. 128 outils, dont une rallonge coudée pour les endroits difficiles d'accès.

« Comment me trouvez-vous ? il a dit. Je veux dire : comment me trouvez-vous en général ?

— Formidable ! Mieux ça serait mal. Je vous regarde depuis plus de six heures et j'en redemande. Ça vaut un polar. Tout à l'heure, j'en avais la gorge sèche.

— Et sur le plan de l'expression ? il a dit.

— Vous jouez surtout sur l'émotion, je crois. On est pris. On a l'impression que votre vie en dépend. Votre regard laisse entrevoir des mystères. Les mystères de la création. On se dit : cet homme-là, il sait de quoi il parle, mais il ne peut pas tout dire. Est-ce que je me trompe ?

— Non, il a dit. Vous avez bien vu. Je peux vous faire une confidence : la télévente demande des qualités qu'on ne demande pas aux comédiens de la Comédie-Française. À la Comédie-Française, les comédiens se reposent sur le texte. Ils ont Corneille en bouche, ça marche tout seul, en roue libre. Corneille fait tout le travail. Il sonne à la Corneille. Le comédien n'a qu'à se laisser faire. Alors que là il faut interpréter, trouver la bonne distance entre la familiarité qu'on partage avec tout le monde, en bon camarade, et cette gravité qui manifeste qu'on s'adresse à chaque spectateur personnellement, faisant de lui un individu d'exception, un interlocuteur privilégié, l'unique objet de nos attentions.

— Ça, vous savez faire ! j'ai dit.

— Des années d'expérience ! Une discipline quotidienne ! De l'entraînement ! Et encore de l'entraînement ! Des années ! Un sacerdoce !

— C'est ce que je dis toujours : on n'a rien sans rien ! Il faut s'investir !

— Je ne me suis pas ménagé, croyez-moi !

— Que voulez-vous, la route est longue, mais c'est la route !

— La route est longue, mais c'est la route ! Belle formule.

— Elle est de moi, j'ai dit.

— Vous avez l'art des fulgurances, il a dit.

— C'est que j'ai mouillé la chemise moi aussi, au niveau poésie ! Et j'ai jamais eu la télé pour me motiver ! Je suis un bagnard de la création littéraire. Un peu comme Rimbaud de son vivant. »

Puis il s'est assis sur le lit, près de moi. Il m'a révélé que ses œuvres complètes tenaient tout juste sur cent vingt-cinq cassettes de six heures chacune.

« Vous aurez le temps de tout visionner, il a dit. Il y en a pour des mois.

— Ça doit être un peu répétitif, non ?

— Oui et non. Pour quelqu'un qui ne s'y intéresse pas, évidemment, l'ensemble peut paraître long. Mais quand on a la passion, on supporte très bien. On cherche les menus détails qui font la différence entre la présentation du même article à deux dates différentes. Le plaisir est dans les détails. Il existe au moins soixante manières de présenter la perceuse-visseuse à percussion modulable. Parfois le décor change, carrément. Selon qu'on vende en période de Noël ou avant les vacances, ou au mois de janvier, à Pâques, à la fête des pères. Parfois, le décor est le même, mais d'un jour à l'autre je modifie la forme, je change un mot, j'améliore une intonation. Le lundi, il faut être plus dynamique. Le samedi, plus détendu. C'est à chaque fois une petite œuvre originale.

— Enthousiasmant, c'est vrai. »

Là, il était à portée de ma main. Je lui sautais au cou. Il n'y avait qu'à serrer. Il n'était pas de taille à se défendre. Il y eut un long silence entre nous. C'est lui qui prit l'initiative de le rompre.

116

« Ce que je dois vous dire, tout de même, c'est que si l'idée vous venait de me sauter au cou, pour m'étrangler, par exemple, ou même pour un geste affectueux, vous seriez immédiatement neutralisé par une arme dont vous me permettrez de ne pas vous livrer le secret. »

J'ai fait l'idiot. Loin de moi une idée malveillante. Moi, tout miel, toute douceur, paix dans le monde, homme de bonne volonté, gentil, déjà amical, séduit, ensorcelé. En plus, somptueusement traité, comme jamais je ne l'avais été dans ma misérable existence. Tout dévoué à mon ravisseur désormais, cet artiste prodigieux, vedette de la télévision, et tout, et tout. Je lui ai débité le boniment. M'offusquant même un peu :

« Comment pouvez-vous penser une chose pareille ! »

Il m'a laissé aller jusqu'au bout, en balançant légèrement la tête et en croisant ses doigts sur son ventre.

« Vous n'êtes pas le premier à séjourner dans cette maison. Vos prédécesseurs m'ont appris tout ce qu'un homme comme moi doit connaître des réactions et des projets des personnes qu'il retient sous son toit un peu contre leur gré. Je sais ce qui se passe dans votre cerveau. Cette scène, que nous nous jouons en ce moment, vous et moi, je l'ai vécue à plusieurs reprises.

Vous vous êtes dit que je me trouvais distrait par la conversation, à votre merci, donc. Vous n'avez pas d'autres armes que vos mains. J'en déduis que vous aviez idée de me sauter au cou. Et pas comme une médaille.

— Jamais, monsieur Cageot-Dinguet ! Jamais ! Et je peux bien le jurer sur ce que j'ai de plus cher ! Je me sens très bien près de vous. Je n'ai jamais été aussi confortablement installé. Je mange des produits précieux. Mon lit est un miracle de technologie. Vous m'avez fourni une tenue d'intérieur que je n'aurais pas pu m'offrir autrement. Vous m'avez donné un bon paquet d'argent. Non, mais ce serait un crime de vous tuer !

— Je ne vous le fais pas dire.

— Permettez-moi de vous assurer de mes sentiments les meilleurs. L'idée ne m'a pas effleuré. Je serais presque blessé d'être soupçonné de la sorte. Vous mettez en doute ma capacité à vivre en bonne intelligence avec vous. Vous ne m'avez pas obligé à vous suivre. Je suis entré chez vous par mes propres moyens. »

J'y allais un peu lourd. Parfois c'est nécessaire. J'en rajoutais. La main sur le cœur, la grimace douloureuse, le coin de l'œil imbibé de chagrin.

« Comment vous les avez baisés, les autres ? j'ai dit pour changer de sujet.

— Comment cela ? il a dit.

— Moi, vous m'avez fait croire que vous étiez saoul. Je n'aurais pas suivi un homme à jeun pour le voler. C'est trop risqué.

— J'ai à peu près tout essayé. Ce qui attire les pauvres, c'est l'argent. Si en plus, ils sont paresseux, c'est d'en gagner sans trop se donner de mal. Il suffit de leur proposer un petit travail bien rémunéré. Je me suis fait passer pour un malfrat qui recrutait un partenaire pour un gros coup.

— Il est à la cave, le partenaire, maintenant ?

— Il n'a pas supporté la solitude. Au bout de deux mois, il se fracassait la tête contre le rebord en marbre de la fenêtre.

— Je suppose que ce n'est pas vous qui avez fait le ménage, j'ai dit.

— Je ne suis pas très bon pour ce genre de travaux. La vue des morts ne me dérange pas, mais je n'aime pas en toucher les restes. Non, je me suis habillé en prêtre et j'ai réussi à me lier d'amitié avec une brebis égarée. Un sans-domicile. Je lui ai dit que Dieu l'avait mis sur ma route. Il m'a suivi.

— Il aurait pu refuser, j'ai dit.

— Si ça n'avait pas été lui, ça aurait été un autre. Des sans-domicile, il y en a plus dans les rues que de gens dans les maisons. On vit une époque de grande injustice sociale, n'est-ce pas ?

— À qui le dites-vous !

— J'ai même eu un croque-mort, il a dit comme si c'était un exploit. Il a tenu un an. Sans prononcer une parole. Il s'est étouffé dans un sac plastique. J'ai entendu qu'il râlait. C'était la première fois que j'entendais le son de sa voix.

— Vous n'avez pas tenté de le sauver ? j'ai dit.

— Pourquoi ? Il aurait recommencé le lendemain ou la semaine suivante. Il faut laisser à chacun le soin de conduire sa vie comme il le souhaite. Ceux qui veulent mourir savent très bien ce qu'ils font. Ils ont réfléchi avant de prendre leur décision. Moi je suis partisan de la liberté.

— Va où tu veux, meurs où tu dois, j'ai dit.

— C'est cela.

— Et celui que je remplace ?

— Un homosexuel. Je l'ai dragué dans un bar de nuit.

— Un homosexuel ! j'ai dit.

— Bien sûr. J'avais soigné la tenue. Tout cuir. Poignets de force et ceinture à clous. Un soupçon de barbe. Une boucle d'oreille taillée dans un diamant qui valait le prix d'une voiture de luxe. Il s'appelait Marcel, mais il se faisait appeler Tétanos. Un beau jeune homme. Vous avez pu le constater vous-même.

— Il s'était massacré, je me suis pas bien rendu compte. De toute façon, un mort ça ne fait pas tellement homosexuel, à mon avis.

— Il m'en a fait voir, croyez-moi.

— Votre mère m'en a touché deux mots.

— Et puis, moi, il a dit, je ne comprends rien à ces gens-là. Je suis pour les femmes. On ne se change pas.

— Vous n'êtes pas marié ? j'ai dit.

— J'aurais pu. Mais vous savez ce que c'est, les aléas de la vie, les circonstances, le manque de temps. Mais j'y pense. J'y pense sérieusement. Je connais une femme depuis une dizaine d'années. C'est comme si nous étions mariés. Vous la verrez. Elle vient ici deux ou trois fois par semaine. Elle est très jolie. »

Tout d'un coup, il avait l'air d'une loque attendrie. Il prenait une mine rêveuse. Son regard s'embuait. J'entendais presque son cœur battre plus fort. J'ai baissé la tête, avec modestie, par respect pour les choses de l'amour.

Il a ouvert son portefeuille, en a tiré une photo et me l'a tendue.

« C'est elle ? j'ai dit, en jouant les incrédules.

— C'est elle, il a dit dans un souffle.

— Putain, elle est canon ! Elle serait pas plus jeune que vous ?

— Une dizaine d'années, effectivement. Ça se remarque tant que ça ?

— On voit nettement que vous êtes l'aîné. Mais c'est de votre âge, aussi, de sortir avec une plus jeune. Quand on a votre pognon, on peut se permettre. »

Il ne devait pas s'ennuyer avec un engin pareil. La blonde de cinéma, l'œil placide, le sein qui en remontre, la bouche gonflée à la fièvre. De la silhouette avec ça. Des formes qui lui mettaient de la hanche partout, du rebondi, du provocant quasi, une qui en voulait, j'admirais.

« Ça mange la viande et ça éponge la sauce, j'ai dit.

— Comment vous dites ?

— Je veux dire qu'elle doit avoir de l'appétit. Faut pas lui en promettre. »

Il a peut-être soupiré. Peut-être qu'il était accablé. Ou il se mettait à penser à autre chose. Je n'aurais pas su dire.

« Elle est au courant de vos agissements, j'ai dit.

— Évidemment. Je n'ai rien à lui cacher. »

On dira ce qu'on voudra, mais il y a quelque chose de vraiment beau dans l'amour.

Je n'ai jamais été très sportif. Mais enfermé toute la journée, passant de la télé à la littérature générale, puis de la littérature générale à la fenêtre d'où j'espérais apercevoir Chicos, le bossu, pour lui adresser un signe, j'ai fini par me dire qu'une heure ou deux de musculation me changeraient les idées. D'autant que le téléachat m'y incitait. À force de m'entendre répéter de prendre soin de mon corps, de faire fondre mes surcharges pondérales, de m'huiler les articulations et de trouver le bon équilibre entre mon physique et mon mental, quelque chose dans mes défenses naturelles a cédé. Devant la glace, pour un homme qui n'a pas eu la vie facile, je présente encore bien. Je me suis enveloppé, c'est sûr. Et je me suis amplifié du devant. La bière n'y est peut-être pas pour rien. Mais, en gros, je me plais. Je ne manque pas d'allure, opinion personnelle. Avec quelques efforts, un peu de transpiration, je devrais retrouver mon corps de rêve, celui qui attirait les tatouages autrefois, et le regard oblique des femmes.

C'est très excitant de se lancer à la conquête de sa plastique. Avant même de commencer, on se sent déjà un autre homme. Parce qu'on a décidé de couper court à l'insidieuse besogne du temps qui passe sur la chair et la périme, comme pour dire. (De temps en temps, j'aime beaucoup phraser, jargonner, causer magazine, ça m'inscrit dans mon époque.) Tout est dans la tête. Le type qui a décidé d'arrêter de fumer, même s'il continue à fumer, dans sa tête il ne fume plus, et alors c'est comme s'il avait arrêté. La sexualité, pareil. L'érection vient de la tête. L'homme qui a une érection dans sa tête a une érection dans son pantalon. Les spécialistes le répètent souvent. Tout vient de la tête. Maintenir l'érection ou arrêter le tabac, c'est dans la tête.

Dans le miroir qui couvrait tout un mur, je me voyais déjà comme je serais après quelques mois d'exercice. J'ai toujours été beau gosse. Certes, mon physique n'appartient qu'à moi et il ne plaît pas à tout le monde. Mais objectivement j'estime qu'il y a plus mal loti. Déjà, pour coucher une créature comme Karine, qui ne mouille que pour les médecins et pour les chanteurs, il faut les compétences. C'est vrai que j'ai le cerveau. Et j'ai l'idéologie, parce qu'un cerveau sans idéologie c'est un moteur sans essence. Je cause bien. Correct quand il s'agit d'être correct. Ferme et grossier quand il le faut. Franchement racailleux si je dois faire un détour par les bas-fonds. Je connais les différents morceaux de la messe. Karine, c'est forcément ce qui l'a retenue. Les femmes sont à genoux devant le cerveau de l'homme. Mais au départ, je pense que mon accroche a été purement physique. Karine m'a vu et elle n'a pas pu détacher son regard de ma personne. On était pourtant une vingtaine, les coudes sur le bar, à la lorgner. Moi plus indifférent que les autres, puisque je n'imaginais pas avoir la moindre chance. Je suis un modeste.

Plus tard, elle me l'a confié :

« C'est toi qu'avais l'air le moins con. »

Ce qui, dans son langage, correspond à un compliment du genre : « T'étais beau comme un homme ! T'avais les yeux d'Einstein et l'épaule de Marlo Brando ! Y avait le vice qui te sortait de partout ! J'ai vu que tu savais rendre la femme heureuse. » Je traduis, parce que Karine cause par sous-entendus, par euphémismes, par litotes. Elle ne se rend pas compte, vu qu'elle n'a rien d'intellectuel. Elle cause des choses, sans connaître leurs noms techniques, un peu comme M. Jourdain faisait de la prose sans le savoir.

C'est en pensant des pensées agréables que je me suis juché sur le vélo et que je me suis mis à prendre soin de mon corps. Il était réglé sur « Montée légère ». J'ai fermé les yeux et je me suis imaginé dans la campagne, au milieu des collines, le vent dans le dos. Je n'avais pas fait un kilomètre qu'il y a eu un raffut. Je suis revenu à la réalité. Devant moi, Jacques braquait son flingue dans ma direction. Le flingue n'avait pas l'air bon, mais Jacques c'était pire : il écumait.

« Descends de là ! » il a dit, en rage.

Je me suis étonné de savoir si quelque chose n'allait pas.

« Ta gueule ! » il a dit, avec une vulgarité qui n'était pas dans ses mœurs.

Il m'a fait mettre dos au mur. C'était impressionnant. Il était tout retourné, le con. La bave lui sortait des trous de nez, comme un taureau. J'ai essayé de le calmer par des paroles menteuses.

« Ta gueule ! » il a dit.

Il m'hurlait dessus. Dans l'état où il se trouvait, crispé sur la détente du flingue, il pouvait m'éclater la tête d'une seconde à l'autre. Je n'étais que modérément d'accord.

« T'es bien ou t'es pas bien ici ? il a dit.

— Je suis bien. Je vous l'ai déjà dit. Aux petits oignons.

— Tu manques de quelque chose ?

— Non. Peut-être un ou deux litres de bière en regardant la télé. Sinon, ça va.

— Je veux la vérité. J'aime pas qu'on me bourre les poches. »

Même le timbre de sa voix était devenu vulgaire. C'était tellement gras, ce qu'il disait, que ça lui tordait la bouche, et que cette torsion lui plissait la peau du cou. Le mouvement devait se transmettre plus bas, mais les habits en dérobaient l'essentiel à ma vue.

C'est souvent comme ça, les fils de famille. L'éducation, ça ne tient pas devant des sentiments aussi fort que la colère ou devant l'envie de faire mal, de brutaliser. J'ai vu le moment où il allait m'expédier à la cave, avec les autres. Je fouettais. La chocottine me flousait dans le bide. J'en avais des grenouilles d'angoisse.

« Jacques, je vous en prie, j'ai dit. Laissez-moi vous expliquer.

— M'expliquer quoi ? il a dit.

— Je ne sais pas, moi. Vous avez l'air de m'en vouloir. Vous n'allez quand même pas m'assassiner sans vous inquiéter de ce que je pense. Même les condamnés à mort ont droit à d'ultimes paroles. »

Mes arguments ne l'ont pas ébranlé. Il était dans une période féroce, il n'en sortirait pas facilement. Sa main libre fouillait la poche de sa veste, dans un geste délicat et prolongé, peut-être sadique. Il en a extrait, entre le majeur et l'index, un truc bizarre qu'il me semblait reconnaître. Puis il me l'a promené sous le nez.

« Ça te dit quelque chose ? » il a dit, en ne retenant qu'à moitié un ricanement où, en couguar, j'ai reconnu les vélléités de la hyène du désert.

« Pas pour l'instant », j'ai dit.

Il s'est reculé d'un pas. J'ai vu qu'il s'agissait de la serviette en papier que j'avais remise à l'électricien. Il l'a dépliée en la secouant et je me suis senti pris au piège. Ce con était plus fort que moi. J'ai baissé la tête. Je culpabilise avec aisance, même dans les instants où je ferais mieux de croire que j'ai raison.

« C'est quoi, ça ? il a dit.

— C'est une serviette en papier.

— Avec ton écriture. Ton adresse. Le nom de Karine. »

Tout de suite, j'ai plaidé la jeunesse, l'erreur de l'inexpérience. C'était la première fois que je faisais otage, je ne connaissais pas les usages. J'avais eu un mauvais réflexe défensif, comme le coup de talon que donne le nageur en difficulté quand il touche le fond de la piscine. Je me suis fait modeste. J'ai joué l'idiot. Ce n'est pas tout à fait à ma portée, mais quand on n'a pas d'autre porte de sortie, on se jette par la fe-

128

nêtre sans se demander si elle s'ouvre au rez-de-chaussée ou au vingtième étage.

« Arrête de me prendre pour un con, il a dit.

— J'oserais pas, j'ai dit.

— Qu'est-ce que c'est ça ? il a dit. D'où ça vient ? C'est tombé de ta poche ou quoi ? Comment j'ai pu mettre la main dessus ? »

Quand il s'agit de sauver sa peau dans l'urgence, on peut avouer tout ce qu'on veut, quitte à le nier quand le péril est passé. J'ai tout déballé. Ça ne faisait pas grand-chose. La serviette, l'électricien. L'électricien, la serviette. Je lui ai servi ma déposition sur plusieurs tons, et d'une voix qui voulait exprimer que je n'en menais pas large. Il s'est calmé. Pas vraiment. L'œil restait dur. Et le doigt, sur la détente. Mais il s'est tourné vers la glace et il s'est adressé un regard approbateur.

« Je ne veux pas qu'on me chie dans les bottes, il a dit, en essayant de prendre de la hauteur. Et je ne veux pas qu'on me fasse répéter la même leçon dix fois par jour. J'ai dit que personne n'a jamais pu quitter cette maison sans que je le veuille. C'est valable pour toi.

— J'ai perdu la tête, j'ai dit. Un instant d'oubli.

— Il fallait pas ! il a dit, têtu.

— Je suis perturbé aussi, il faut comprendre. Il s'est passé beaucoup trop de choses dans ma vie, ces derniers temps. Il faut me laisser le temps de m'habituer à ma nouvelle situation. J'ai subi un traumatisme.

— Il fallait pas ! »

S'il n'avait pas eu une expression aussi méchante sur la figure, j'aurais pu croire qu'il était au bord des larmes. Il trépignait comme un enfant : « Fallait pas ! Fallait pas ! » Je l'avais déçu. La déception le rendait fou. J'étais son jouet, en quelque sorte. Il était de ces enfants gâtés qui préfèrent casser leur jouet que de le prêter. Il s'est mis à trembler de tout son corps. Il allait me faire une crise, le con. Dans ces moments-là, quand on vit dans le frôlement d'une arme à feu, le coup est vite parti. J'ai fait comme lui. Je me suis mis à trembler, en évitant de trembler plus fort, de sorte à ne pas avoir l'air de le provoquer. Je n'ai d'ailleurs pas l'esprit de compétition. Pas du tout, alors.

« Qu'est-ce que t'espérais ? Il a dit. Je veux une réponse précise et circonstanciée. Qu'est-ce que t'espérais ?

— Rien. C'était juste un mauvais geste. Il m'a échappé. Je peux vous dire une chose : c'est qu'à peine j'avais remis le message à l'électricien que je me suis senti envahi de regrets. De remords, même. Ce n'est pas rien, le remords, croyez-moi. Finalement, je suis soulagé que vous soyez au courant. Ça m'enlève un poids.

— Qu'est-ce que t'espérais ? il a dit, en m'enfonçant le bout du flingue dans le trou de nez.

— Je l'ai dit : rien.

— Te fous pas de ma gueule ! il a dit.

— J'ai juste eu un coup de nostalgie, rapport à Karine. Je suis un homme, moi. J'ai des besoins d'homme. Vous avez une fiancée, une femme, une maîtresse, je ne sais pas. Vous pouvez faire vos besoins dedans. On est entre hommes, on peut causer de ces choses. Moi je me pilote en manuel. J'ai pas été habitué à ça. »

Là, il m'a semblé que je faisais mouche. Le sexe, c'est la grande misère de l'homme. Ça fait partie des choses communes, des tracas. Il a eu l'œil compréhensif. J'en ai rajouté une couche, en finesse :

« Avec Karine, on va à la bête tous les jours. Y a des jours, quand c'est fête ou férié, et qu'on a du mousseux et du rosé, on y va trois quatre fois dans la journée. On se traîne dessus pendant des heures. Faut qu'on soit crevés morts de fatigue pour se décoller l'un de l'autre. Moi je dis qu'on ne change pas de vie comme ça. J'ai été trop bien soigné avec Karine. J'ai des automatismes. »

Bon, le renseignement trouvait son chemin à travers sa colère. Il n'était plus qu'en rogne. Dans les yeux, les flammes vacillaient. Aller vers la pitié lui coûtait peut-être un effort, mais il étudiait la question. Il a relâché la pression du flingue dans mon trou de nez. J'en ai profité pour le remercier de tout ce qu'il faisait pour moi. Je ne risquais rien d'essayer. Il pouvait être sensible à ma gratitude. Le dominant se fait souvent baiser par le faible de cette façon.

« Remarquez, j'ai dit, le message ne disait rien de mal. J'ai juste écrit votre adresse. Je me disais que Karine aimerait savoir où me trouver au cas où elle aurait des désirs un peu tendres. La solitude ne réussit pas à la femme en bonne santé, je ne vous apprends rien. Je ne sais pas ce que j'ai imaginé. Qu'elle sonnerait à la porte et que vous la laisseriez monter. Peut-être que j'aurais pu la convaincre de vivre ici. Elle est très assujettie à l'idée du pognon. Elle est capable de tout pour dormir sur un matelas de billets. Voilà ce que je m'étais dit. Le cul, voyez-vous. L'intelligence ne calcule qu'en fonction du cul. C'est une règle de l'humanité. »

Il m'écoutait. Il s'intéressait, levait un sourcil, ravalait sa salive, haussait une épaule ou remuait une jambe. L'atmosphère se détendait. J'y voyais plus clair. La maison était très silencieuse.

« L'électricien a bien fait de vous remettre le message. J'allais faire une bêtise. De toute façon, je me doutais bien de ce qui arriverait. L'artisan, en principe, c'est un militant de la délation.

Il a ça en lui. C'est une seconde nature. Il ne peut pas s'empêcher.

— Qui te dit que c'est M. Pauviel qui m'a remis ce honteux torchon de papier ? il a dit.

— Simple déduction. Je lui ai remis le message en mains propres, si je puis dire. Il n'a eu que le mal de vous le donner. L'artisan pense à l'avenir. Il flatte le client en se disant qu'on le rappellera dès que quelque chose ne tournera pas rond dans la casba. C'est planifié. J'ai eu affaire à cette engeance. Avec des copains qui voulaient gagner trois quatre sous au noir. Je suis au courant. Je connais les mœurs. Je pourrais écrire un livre.

— Arrête de faire le faraud ! il a dit. Tu crois savoir et tu ne sais rien. M. Pauviel est un homme de confiance. Si tu lui as demandé de porter ce message, il l'a porté ! Jamais il ne lui serait venu à l'esprit de trahir sa mission. Répète après moi : M. Pauviel est un homme de confiance ! Répète, nom de Dieu ou je t'explose la gueule ! »

J'ai répété. Cinquante fois, cent fois. J'avais affaire à un malade. Les nerfs le reprenaient. Il braillait si puissamment qu'on aurait cru que c'était de l'allemand. Jamais je n'aurais dû soupçonner M. Pauviel. Il était à classer parmi les intouchables, au pinacle, dans les dorures du Panthéon. Très haut. Il m'a appris par cœur que

M. Pauviel était un homme de confiance. C'était du bourrage de crâne, pas moins.

« M. Pauviel est un homme de confiance ! »

Après, il m'a demandé de me retourner et d'entamer le tour de la pièce en rasant les murs et en suivant la plinthe de l'œil. Il me collait derrière. Le flingue dans les reins. Puis le flingue dans la nuque. Tout en marchant, il cherchait l'endroit le plus mortel pour me tuer.

« Dirige-toi vers ta chambre ! » il a dit.

On s'est retrouvés dans la grande pièce. J'ai tiré vers le couloir et vers l'escalier.

« Demande-toi qui m'a remis le message, il a dit.

— Si c'est pas l'électricien, j'ai dit, ça ne peut être que Karine.

— Demande-toi-le ! Je veux que tu te le demandes ! Tu entends ? Je le veux ! Sinon, je te réduis en bouillie ! Je veux que tu ne penses qu'à ça ! Nuit et jour !

— C'est Karine, j'ai dit. J'ai pas besoin d'y penser. C'est une vraie salope ! Quand elle profite du meilleur de moi-même, elle est d'accord. Le physique, je sais bien que ça compte pour elle. Mais le pognon, ça doit compter encore plus. Elle est venue sonner à la porte, pas vrai ? Elle a demandé après moi. Quand elle a vu la baraque, la splendeur, le pognon que ça valait tout ça, elle a faibli, forcément. Je suis sûr qu'elle a négocié quelque chose avec vous !

— Je veux que tu te poses cette question sans arrêt pendant le temps qu'il faudra pour découvrir la bonne réponse. T'as compris ? Dis-moi que t'as compris. »

J'ai dit que j'avais compris. Dans la chambre, j'ai continué à parler, à dire du mal de Karine, à la débiner grave, avec des mots très orduriers, la traitant comme une moins que rien. Sur le coup j'étais sincère. Je lui en voulais profond. Elle m'avait trahi. Je m'entrais ça dans la tête. Méchante pensée. Je pensais que ça suffirait à le calmer, le con. Mais pas du tout. Il s'est repris à gueuler, excité, mauvais, puant, violent. Il m'a poussé sur le lit. Il a dansé un genre de danse du scalp sur une musique odieuse et cruelle, avec des paroles qui me promettaient une mort brutale dans les cinq minutes. J'ai voulu réagir, mais le flingue m'a presque traversé la joue.

« Attention, il a dit. Une fois mais pas deux. Je veux bien être indulgent. Une faute, je veux bien la mettre sur le compte d'un moment d'égarement. Je ne la pardonne pas. Elle est inscrite au casier. Mais je n'en tiendrai compte que si une deuxième faute me rappelle ce qui s'est malheureusement passé aujourd'hui. »

Il criait si fort et si près de mon oreille que sa voix venait mordre dans le gras de ma matière grise. Elle s'y enfonçait comme des crocs.

« Jure que ça ne se reproduira pas ! il a dit.

— Je jure ! Je le jure !

— Jure-le sur la tête de Karine !

— Je le jure !

— Jure-le sur la tête de ta mère !

— Je le jure !

— Jure-le sur la tête de ton père, de tes frères, de tes cousins, de tes copains !

— Je jure ! Je le jure ! Je le jure ! »

Le con, il allait décimer toute ma famille d'un coup. Ma posture était si désagréable que j'ai juré tout ce qu'il a voulu. Quand on est à deux doigts de la mort, on ne pense pas à l'avenir. On essaie seulement de déblayer devant soi la minute qui reste à vivre. J'ai cru que le flingue éclatait. Le con s'était relevé et il canardait droit devant lui, dans les oreillers. La plume volait au-dessus du lit. La chambre s'est emplie d'une asphyxiante odeur de poudre. Il est sorti à reculons. J'étais sonné. Mais il ne m'a pas fait de mal.

Il n'avait pas voulu me tuer. Juste me montrer qu'il ne plaisantait pas, que son flingue n'était pas chargé avec du gros sel. Pendant une fraction de seconde, j'ai tout de même eu un mauvais pressentiment, je me suis vu mort. Je sais, tant qu'on se voit mort, c'est que tout ne va pas si mal. Il avait démonté les oreillers et foutu une mauvaise odeur dans la chambre. Étourdi, je suis resté sans un mouvement sur le lit pendant un temps que je ne suis pas en mesure de définir avec une précision totale. Peut-être une heure. Dans la fenêtre, le jour commençait à prendre une mine sévère. Je me suis levé. De l'autre côté de la rue, Chicos, le bossu, déplaçait un bidon rempli de boulons. Il a tourné vers moi sa grosse gueule noire de pourriture. Je pouvais toujours cogner à la vitre. Il était sourd, en plus. Les dents, les oreilles, il manquait de tout.

J'ai fait le tour de la pièce en exécutant quelques mouvements d'assouplissement textile, histoire de remettre d'attaque mes étoffes musculaires. La tête me cognait, de l'intérieur vers l'extérieur, comme les remous d'une tumeur qui cherche à exploser, simple supposition métaphorique.

Le con, il était tellement fâché qu'il avait mal reclaqué la porte. Il ne faut pas demander dans quel état d'agitation il se trouvait. C'est une pensée qui m'a rendu des sueurs froides et des palpitations. Je n'étais pas passé loin de la sépulture dans la cave. Je n'ai pas osé jeter tout de suite un coup d'œil dans l'entrebâillement. Vicieux comme je le connaissais maintenant, il pouvait me guetter, le flingue en batterie. Ses appartements étaient contigus à ma chambre, mais on y accédait par une porte, au bout du couloir. J'ai tendu l'oreille. La maison était silencieuse. Je n'aurais pas su dire s'il était en dessous, dans la grande pièce, ou s'il avait rejoint ses appartements. En tout cas, il ne bougeait pas d'une semelle. Je me suis assis sur le plancher, contre le meuble où était la télévision, dans un angle qui me permettait de surveiller confortablement le couloir.

Mon plan n'était pas fantastique. J'étais habitué à des idées plus géniales. L'urgence diminuait mes facultés et aptitudes. Ce que je voulais, c'était descendre au garage et me planquer dans le coffre de la voiture. Comme il allait en ville tous les jours, je bénéficierais du transport. Une fois arrivé à destination, lui faisait ce qu'il avait à faire et moi je lui faussais gentiment compagnie. Je me fondais dans la foule. Il pouvait toujours courir pour me rattraper. Et crois-moi, du con, je n'aurais pas oublié le pognon.

Un bruit de porte, de pas, est monté d'en dessous. Des talons dans la grande pièce. Puis une musique de téléphone, amortie, comme si l'appareil se trouvait dans un sac. Une voix de femme. Très mélodieuse, pour le peu que je m'y connaisse, Karine sonnant à elle seule comme un chenil tout entier.

« Je suis chez Jacques, disait la voix. Pas avant deux heures, deux heures et demie. Jacques me reconduira en début de soirée. Évidemment, qu'il restera avec nous. Je ne pense pas qu'il ait quoi que ce soit de prévu. »

Tout en discutant, elle montait l'escalier. Sans discrétion. Je l'aperçus. C'était la femme dont le con m'avait montré la photo. En vrai, elle était encore mieux. Une mauvaise pensée m'a traversé la tête. Même dans les pires moments, quand il risque sa vie, quand il sait qu'il va la perdre, l'homme demeure très branché sur les choses du sexe. Le pendu meurt en érection. Je ne sais pas si c'est une preuve, mais ça en dit long sur sa dernière pensée.

Elle n'a pas eu besoin de frapper. Le con l'avait

entendue arriver. Il l'attendait certainement. J'ai su qu'elle s'appelait Odette, un prénom qui n'allait pas tellement avec sa plastique.

En passant dans le couloir, elle avait eu un regard vers la porte de ma chambre. Est-ce qu'elle avait remarqué qu'elle était légèrement entrouverte ? Je me suis surpris à faire un signe de croix. On ne sait jamais. Un quart d'heure plus tard, le con est descendu. Il était en robe de chambre, très prince des *Mille et Une Nuits*. Il est remonté aussitôt avec une bouteille de champagne. Un petit moment s'est écoulé, et c'est elle qui est sortie pour aller pisser. Les toilettes se trouvaient dans un renfoncement, vers ma chambre. C'était des toilettes de service. Le con m'avait expliqué, au début. Il avait fait installer des toilettes partout, sauf dans les chambres, parce qu'une maison n'est pas moralement conçue comme un hôtel, où le noble se mêle à l'ignoble, théorie du père Dinguet, l'ancêtre, créateur du premier poêle Dinguet. Hygiéniste militant, se vantant d'avoir été élevé dans une ville protestante (des gens propres), il s'était battu toute sa vie pour la séparation des lieux consacrés au sommeil et des lieux d'aisance. Cette conviction masquait, en fait, un judicieux calcul économique. Le vieux espérait principalement que les gens chaufferaient les couloirs et que cela suffirait pour augmenter la production de poêles.

Odette ne se contenta pas d'uriner, car elle stationna plus de dix minutes dans les toilettes. J'essayais de chasser de mon esprit l'image de cette femme s'efforçant sur la cuvette et je l'imaginais se préparant pour le tour de manège, car c'est magnifique une femme qui s'organise pour l'amour. Ça m'émeut, il n'y a pas d'autre mot. Les poètes, toujours mystiques, appellent ce rituel les « ablutions ». Karine, qui est sans manières, annonce seulement qu'elle « va se laver le cul ». L'expression manque de raffinement, mais elle me serre un muscle dans le ventre, aussi bien qu'un poème romantique.

J'adore écouter couler l'eau du robinet, quand la femme dresse la table à coups de gant de toilette, défroisse la nappe, allume le brûle-parfum, ajoute des fleurs au vase. Je suis sur le lit et je patiente à la main, les yeux fermés, juteux comme un fruit qui arrive à maturité. Je suis obligé de me caler les mains derrière la tête, sinon je me finirais à deux doigts, sensible comme un lapin et copieux comme un bouc. Mais le couguar possède un fort ascendant sur son instinct. C'est un aristocrate de la libido. Il sait apprécier en contemplatif, pas en bête.

Odette a retraversé le couloir. Privé de femme comme je l'étais, j'ai senti qu'elle me faisait de l'effet, devant comme derrière, son devant et son derrière à elle. De profil aussi. Le con, il savait se faire aimer pour son pognon. La suite a confirmé mon jugement. Leurs vacarmes d'amants secouaient les murs. Ils gueulaient comme des fous. Ils se poursuivaient. J'ai entendu exploser le bouchon de champagne. Il y a eu de la musique. Des airs qu'on n'entend jamais à la campagne. Le genre viennois. Mais à fond les baffles. Je les voyais tourner dans le yaourt au chocolat, mélanger les blancheurs du haut et les épaisseurs obscures du bas, la légèreté cantilienne et la viscosité du beurre de cacao chauffé à blanc. Un délire. De la démence. Infatigables, ils étaient. Je ne parvenais pas à suivre. Pourtant, je suis renseigné. Les copains me prêtent des films. J'ai étudié le problème. Je connais les positions les plus aventureuses, les enchaînements les plus sophistiqués. On pourrait dire : « rocambolesque ». À ce niveau de pratique, c'est presque de la parapsychologie, ce qu'on fait, nous deux Karine. Je ne plaisante pas. Le lendemain, on est couverts d'hématomes, il nous manque des dents, on a des goûts bizarres dans la bouche, on pisse de travers, on fait caca sans pousser, on a l'impression d'être les survivants d'une catastrophe naturelle, on n'ose même plus se causer.

Eh bien, le con et son Odette, c'était cent fois plus râblé. Du massif. L'endurance, avec ça. Deux heures à s'aliéner sans une seconde de répit. À un moment, je me suis même demandé s'ils ne se cognaient pas dessus. Ils gueulaient, comme de s'être arraché une partie fragile avec les dents, en le faisant exprès ou non. C'était étonnant. Un peu angoissant. C'était la première fois que je voyais à l'œuvre un mec à pognon. La rumeur évoque la vigueur de l'amour populaire, la baise en force, debout contre un mur ou contre l'évier de la cuisine, le bourrage offensif, direct, intègre, à la limite du malpropre, de l'improvisé entre la poire et le fromage. Alors que dans la haute, ils sont plutôt portés sur le vice, la pose langoureuse, le chatouillis de gland à la plume de paon, les fellations dans les églises, bref, les expériences malsaines, le pernicieux, le déviant, le pédant.

D'après ce que j'entendais, le con devait associer le populaire et le friqué. Odette ne valait pas mieux que lui. À travers la porte, sa voix infernale faisait bouillir mon sang de couguar. Même dans les films les plus incommensurablement pornographiques, on n'ose pas ces excès. À deux, ils donnaient l'impression d'être à vingt-cinq. Ils avaient des envolées superbes, puis ils cassaient du bois avec panache. À peine relevés, ils s'élançaient de nouveau dans des essors monstrueux, des expansions grandiloquentes qui coordonnaient des éruptions volcaniques et des cataclysmes purement corporels. Ils bramaient, se conspuaient, prononçaient des paroles d'une indignité déchirante. Ces créatures n'avaient pas d'âme.

Odette avait dit qu'il y en avait au moins pour deux heures. Au bout, d'une heure j'ai rassemblé mes liasses de pognon, je les ai entassées dans le sac plastique, dans mes poches. Et, discret, je suis sorti de la chambre et j'ai calé la porte avec soin, sans la refermer, au cas où. Le con et sa maîtresse se véhiculaient mutuellement sur les sommets. Ils n'étaient pas près d'en redescendre. À cette altitude, les animaux ne survivent pas. Les microbes non plus. Il faut l'homme avec la femme.

Les portières de la voiture étaient bouclées, mais pas le coffre. Très bien. Comme j'avais du temps devant moi, j'ai fouillé le garage de fond en comble, à la recherche d'un objet que je pourrais bricoler en arme de fortune, au cas où le con aurait la mauvaise idée de visiter le coffre avant de reconduire Odette en ville. Il n'y avait rien. Pas une barre de fer, pas une pointe à chevron, pas une clef à molette. Le con avait tout prévu. Il avait dû en liquider plus qu'il ne voulait le dire, des pauvres, pour avoir atteint ce niveau de sécurité. J'ai tenté de démonter une étagère, mais elle était si solidement scellée que je me serais battu pendant une journée complète, à mains nues, sans la bouger d'un millimètre.

144

Dans ma situation, il y avait quelque chose de désespérant. Jusqu'à ces derniers temps, je me croyais malin. J'imaginais que je pourrais toujours me sortir de n'importe quel pétrin. J'avais niqué tellement de monde dans ma vie, à commencer par mes parents. Puis, ce fut mes camarades d'école, mes copains de bal et de sortie, mes collègues de bistrot. J'ai niqué les commerçants, les fonctionnaires de l'administration, les bénévoles du Secours catholique. J'ai plongé la main dans toutes les caisses. J'ai même niqué les flics, en leur racontant des salades tellement appétissantes qu'ils en ont redemandé. Quand on n'a, pour survivre, que le mensonge et la petite délinquance, on doit commettre souvent les mêmes fautes. Le caïd qui se fait une banque, il est tranquille pour trois ou quatre ans. Il s'installe les roubignolles au soleil et le tour est joué. Quand il s'est fait oublier, il se refait une banque. Avec ce qu'on voit aujourd'hui, la mentalité des banquiers et tout, il a même la possibilité de placer son argent. Ce que la banque perd d'un côté, elle le récupère de l'autre. C'est un circuit. Alors que lorsqu'on pique une palette de cassoulet en boîte, on bouffe le produit du délit et on se démolit le collecteur intestinal. Les flics n'ont que la trace à suivre. La petite délinquance est bien plus risquée que le grand banditisme.

Mais aussi petit que j'étais, à force de niquer plus costaud que moi, je me prenais un peu pour un cador. Le con m'en remontrait. Toutefois, niqueur-né, et fier de l'être, pauvre mais plein de ressources, je n'avais pas dit mon dernier mot. Je me suis glissé dans le coffre et j'ai fermé le couvercle.

Ils sont arrivés avec cette tranquillité devisante des amoureux. Il était aux petits soins pour elle. J'ai entendu qu'ils s'embrassaient avant de monter dans la voiture. Puis il a dû la coller contre la carrosserie. Il n'en avait pas assez, c'est ce que j'ai pensé. Elle lui a peut-être résisté. Il y a eu un échange de soupirs. Encore un bruit de baiser assez salement sucé. Les portières ont claqué. Le moteur tournait. La porte automatique du garage. Le mouvement confortable du gros véhicule. Il n'a pas eu besoin de manœuvrer. Il était tout de suite dans la rue. On a roulé.

« Tu as oublié de me présenter ton nouveau pensionnaire, elle a dit.

— Il est puni, il a dit.

— Ah bon ? elle a dit. Encore un qui ne voulait pas rester chez toi.

— Il n'a pas encore eu le temps de s'habituer, il a dit. Mais ça viendra. Je crois que c'est une bonne recrue.

— Tiens ? elle a dit. Une bonne recrue. C'est

la première fois que tu dis ça. Qu'est-ce qu'il faisait dans la vie ?

— C'est un artiste.

— Un artiste ?

— Un poète. Oui, oui. Pas n'importe lequel. Un grand poète. Un homme sensible. Qui connaît mieux que personne la mécanique des alexandrins. Il en fait comme il respire. Une sorte de génie. »

Je ne sais pas ce que ça m'a fait, de l'entendre dire du bien de moi. D'un seul bloc, il me mettait à sa merci. J'avais envie de lui être dévoué. Je me reprochais d'avoir voulu le tuer. C'était la première fois que quelqu'un pensait du bien de moi. Et admettait mes qualités. Et s'en faisait l'écho. Il n'était pas question de revenir sur ma décision de prendre la fuite, mais je le faisais maintenant avec quelques remords qui n'étaient pas prévus au programme. Le plaisir que je pouvais éprouver de m'évader se teintait d'amertume. Il est toujours difficile de quitter un être qui a su détecter en vous des vertus et qualités, des dons sans doute, en tout cas des dispositions, que personne n'avait jamais pris la peine de soupçonner.

La voiture se mêlait au flot de la circulation. Elle a stoppé deux fois à un feu rouge. Je me suis dit que c'était peut-être le moment de partir. Mais j'ai voulu assurer mes arrières. Je préférais m'en aller quand le con aurait trouvé un stationnement et s'en serait éloigné. Il y avait surtout que j'avais envie d'entendre s'il dirait encore des bonnes choses sur mon compte.

Il en disait :

« C'est un type qui n'a pas eu de chance. S'il était né dans un milieu un peu plus évolué, il aurait pu suivre des études, élargir ses horizons, faire une belle carrière. La province l'a gâché.

— Il est peut-être encore temps, elle a dit.

— Il n'est jamais trop tard, il a dit. Mais il est plus que temps. C'est un garçon qui a besoin d'être pris en main, tu comprends ? Il lui faut une éducation sérieuse. De sorte qu'il ne se sente pas étranger dans le monde qu'il sera certainement amené à fréquenter un jour ou l'autre.

— Comment comptes-tu l'aider ?

— Je ne sais pas encore. Je vais lui demander d'écrire ses poèmes noir sur blanc. Je vais faire installer un ordinateur avec traitement de texte dans sa chambre. Il est tout à fait capable d'écrire une œuvre importante. Ensuite, je ferai jouer mes relations dans le monde de l'édition. Je suis sûr que son manuscrit intéressera une des grandes maisons parisiennes. Et il décrochera un prix ! Il en décrochera un !

— Comment peux-tu en être aussi sûr ? elle a dit.

— Je le connais. Il suffit de le voir, de l'entendre pour être persuadé qu'il n'est pas à sa place dans cette ville, dans cette existence étroite. Nous avons affaire à un conquérant. Un seigneur. Un prince. C'est l'oiseau rare, je l'affirme. Il a besoin de travailler, c'est vrai. Mais il y arrivera. J'ai d'immenses projets pour lui.

— Tu t'emballes un peu vite, je trouve, elle a dit. N'oublie pas que tu l'as trouvé dans un bistrot. C'est tout de même un ivrogne, non ?

— À la maison, il ne boit pas une goutte.

— Parce qu'il n'y a rien à boire. Essaie d'oublier une bouteille d'alcool quelque part, il mettra la main dessus avant que tu aies le temps de réagir. Je crois que c'est un faible. Peut-être un profiteur. Tu vas l'aider, lui faire du bien, mais il ne t'en sera jamais le moins du monde reconnaissant. »

Franchement, c'était une salope. Comment se permettait-elle de me juger, alors qu'elle ne m'avait même jamais vu ? Cette méfiance m'a rendu triste. Une chance, Jacques m'a défendu. Il a plaidé ma cause avec un bonheur d'expression qui faisait monter en moi des vagues d'approbation et de gratitude. En moi-même, j'ai dit : Chapeau, Jacques ! Tu ne te laisses pas influencer par la femelle ! Tu sais protéger les vraies valeurs. À ce moment précis, j'ai eu de l'amitié pour cet homme qui avait déjà fait tant pour moi sur le plan de la nourriture, de la tenue vestimentaire, du confort nocturne et des loisirs.

La voiture s'est arrêtée au milieu de la circulation, dans une rue où il y avait de la musique de quinzaine commerciale. Odette est descendue. Ils ne se sont pas dit au revoir, mais à tout de suite. J'ai supposé qu'il allait dans le parking souterrain. Un endroit que j'ai hanté à l'époque où je me promenais près des voitures avec un marteau. Je ne pouvais pas rêver mieux, plus discret. Dès qu'il se serait éloigné, j'ouvrirais la porte du coffre et je me barrerais. Pas les mains dans les poches, puisqu'elles étaient gonflées de billets. Leur contact était plus doux que la peau d'une femme.

Il s'est assez rapidement dégagé des bouchons. La voiture a pris de la vitesse. Il sifflotait une musique de feuilleton anglais. Un truc connu que je n'arrivais pas à remettre. J'avais envie de chantonner. Je me le suis interdit, évidemment.

Puis la voiture s'est immobilisée. Jacques en est descendu. J'ai entendu le clac de la fermeture centralisée des portes. Ses talons sur une surface un peu sonore. Le silence. Ce n'était pas le moment de se précipiter. Dans la pénombre, je souriais. Je tâtais ma fortune. J'en avais partout. Dans le slip aussi. Une surcharge pondérale d'une opulence inégalable. Du pognon comme s'il en pleuvait. J'avais tout ce qu'il fallait pour remonter dans le cœur de Karine jusqu'aux altitudes où elle plaçait les docteurs et les chanteurs.

J'ai relevé la porte du coffre. Le parking était dans la quasi-obscurité. Je me suis glissé dehors. Le temps de me déplier, de me tirer sur les bras et sur les jambes et j'ai vu que je connaissais parfaitement le lieu où je me trouvais. Je me demandais seulement ce que j'y faisais.

Le con, il était revenu garer sa voiture chez lui, dans sa maison, dans son garage. Je ne comprenais pas grand-chose à cette conduite navrante. Peut-être que pris de remords et croyant que j'étais toujours dans ma chambre, il était venu me présenter un genre d'excuses pour la mitraille à laquelle il s'était laissé aller à mon encontre. S'il constatait que j'avais une fois de plus cherché à le trahir, j'allais perdre son estime et le fâcher de nouveau. Cette fois, il ne me raterait pas. Il viserait entre les deux yeux, à l'endroit le plus sensible. J'étais mort.

Je suis resté un petit moment à piétiner en me posant des questions. Puis, en homme de décision, je me suis dit que mourir pour mourir il serait plus honorable de mourir en faisant front. Et même en faisant face, car lorsque je m'engage, je ne m'engage pas seulement du front. J'y vais entièrement. Franco. J'ai grimpé l'étage, laissant à ma gauche la porte qui conduisait à la cave. Dans la grande pièce, j'ai entendu un violent bruit d'eau que j'ai identifié comme étant celui d'une douche. Le Jacques, il était revenu se laver après avoir fait l'amour. Un homme des plus propres. Moi je ne me lave qu'avant. Après, on n'a plus aucune raison de plaire et de sentir bon. Et puis j'aime bien conserver l'odeur de Karine sur moi. Et celle de son sexe sur mon sexe. Quand je suis en jogging, vautré sur le canapé, devant la télé, je tire sur l'élastique et je renifle ces effluves qui vont vers la maturation. Je m'y reconnais, mais j'y reconnais surtout Karine. On est mélangé là-dedans, encore plus intimement que lorsqu'on fait l'amour. L'odeur de la bête, c'est bon. Mais ce qui reste de l'odeur de la bête, c'est encore meilleur, parce qu'il y a de la nostalgie, des bouffées de souvenirs, un reste de vice bien intense. Le Jacques, il flanquait toute cette friandise à l'égout. C'est souvent comme ça, les riches. Ils ne savent pas ce qui est bon. Ils gaspillent.

Je suis remonté jusqu'à la chambre, dont la porte n'était pas complètement refermée. Je suis entré et je l'ai reclaquée, hermétiquement. Jacques ne pourrait pas penser que j'avais tenté quoi que ce soit. S'il me rendait visite, il me trouverait sur le lit, docile comme un ange, bourré de bonnes intentions, innocent comme je sais l'être quand j'ai quelque chose à me reprocher. Flatteur, même. Par reconnaissance de ce qu'il avait dit de moi à Odette dans la voiture. Maintenant, je savais qu'il m'aimait bien, qu'il m'avait à la bonne. J'étais presque soulagé d'être rentré au bercail et de ne m'être pas exposé à le décevoir. Ce n'est pas en moi que le fils prodigue se réincarnera. Du moins, officiellement. J'ai mis la télé.

Il avait chargé les émissions de sa mère. Des vieux bazars en noir et blanc. On critique la télévision d'aujourd'hui, mais celle de nos ancêtres ne valait pas mieux. Conneries pour conneries, mieux vaut qu'elles soient en couleurs. La télé de papa, c'est comme le bal à papa, un truc pour les cacochymes, le rendez-vous de l'arthrose avec le rhumatisme, l'union du gros postillon et de la goutte au nez. Je n'insiste pas, je m'agace facilement en causant de ces choses.

Tout en me rivant un œil sur l'écran, j'ai remis de l'ordre dans la pièce. Il y avait des plumes, ça faisait mauvais genre. La mère de Jacques avait l'air d'une dinde. On n'en voyait que le haut. Elle annonçait les émissions du soir avec un sourire si crispé qu'on avait l'impression qu'elle était assise sur un pot de chambre. Quand elle faisait un effort de mémoire, elle poussait. Je me demandais ce qu'il pouvait y avoir sous l'écran. À côté d'elle, une plante verte. Un caoutchouc, peut-être. Je n'y connais rien. Je ne suis pas sûr que c'était particulièrement vert. En noir et blanc on ne se rend pas compte. Mises bout à bout, ces annonces la faisaient vieillir d'un an toutes les vingt minutes.

Quand j'ai eu fini de ramasser les plumes, elle avait pris dix ans. Ça se voyait. Mais elle n'était pas encore trop mal. Jacques lui ressemblait beaucoup. Même dans sa façon de parler un peu précautionneuse, retenue, avec ces intonations de sainte-nitouche. Maintenant, je savais ce que ça cachait. J'en avais fait les frais. Quand ils ne sont plus en public, ces gens piquent des colères dantesques. Ils deviennent insultants. Ils sont saisis dans des folies meurtrières. Jacques avait vraiment eu envie de tuer. Il ne comprenait pas les choses de la vie, parmi lesquelles le goût de la liberté, un goût qui revient automatiquement à n'importe quel détenu, même s'il doit vivre caché dans un placard pendant des années, après s'être évadé. À la prison, les matons comprennent le besoin d'évasion. Les syndicalistes prétendent qu'ils passent plus de temps derrière les barreaux que les condamnés aux plus lourdes peines. C'est faux. Parce qu'ils sont dans la partie ouverte de la prison. Ça joue sur le mental, ça. Jacques, il ne pigeait pas. C'était un mec fermé. Sa mère n'avait pas l'air de valoir mieux que lui. Il avait donc été à bonne école.

La porte s'est ouverte. Il est apparu. J'ai regardé ma montre. Une heure du matin. Je m'étais tapé sa mère pendant six heures d'horloge. Lui, après sa douche, il était retourné en ville, avait rejoint Odette, s'était amusé. Il avait marivaudé. Il tenait un paquet à la main.

« Je vous ai ramené quelques victuailles », il a dit.

Il les a posées sur le coin du lit. J'ai pensé que c'était des restes.

« Vous allez bien ? il a dit.

— Il me semble, j'ai dit. Vous avez passé une bonne soirée ? j'ai dit pour faire le poli.

— Excellente. Nous étions entre amis. Très bonne ambiance. Vous devez être affamé.

— Moyen. Vous m'avez fait peur tout à l'heure à tirer dans tous les coins, comme dans un western. Ça m'a coupé la chique.

— Je me suis un peu énervé, il a dit.

— Un peu, c'est vite dit. Si j'avais reçu une balle dans le cœur, je serais mort à l'heure qu'il est. Je ne veux pas me plaindre, mais vous avez commis une sorte d'abus de pouvoir. Vous n'avez pas essayé de me comprendre.

— J'avais mes raisons, il a dit. Vous m'aviez fait de la peine en essayant de faire passer un message à l'extérieur. Je n'ai agi que par désespoir, vous vous en êtes bien rendu compte.

— Le désespoir, j'ai dit, ça va bien un moment. Mais faudrait voir à ne pas en abuser. À cause de cette histoire, j'ai été à cran toute la journée. Tenez, ça m'a gâché le plaisir de regarder votre mère dans ses œuvres.

— Comment vous la trouvez ? il a dit.

— Très bien. Un peu vieille France. C'est un modèle qui ne ferait plus un rond aujourd'hui. Pour passer à la télé, les filles doivent avoir l'air d'être des putes. Remarquez, c'est la couleur qui veut ça, à mon avis. En noir et blanc, les pires conneries ont un petit quelque chose d'art et d'essai. C'est la dignité de l'endeuillé.

— Vous avez peut-être raison.

— C'est plus chiant, quoi. On voit moins bien. Tout à l'heure, il y avait une plante verte. Mais est-ce qu'elle était verte ? On n'en sait rien. Tandis qu'en couleur ce qui est vert est vert et on ne se pose pas de questions. Moi je suis pour la couleur, je vous le dis tout de suite. Votre mère, elle est vieille, je l'ai bien vu l'autre jour, mais toute vieille qu'elle est, elle a meilleure mine maintenant que lorsqu'on la voit jeune en noir et blanc à la télé.

— Ce sont des documents historiques.

— J'aime mieux l'histoire en couleurs, voilà. »

C'était pas des restes du restaurant qu'il m'avait rapportés. Pas du tout. Mais une pizza toute neuve dans un carton isotherme. Pas de couteau ni fourchette. Pas même en plastique. Les types méfiants, ça se méfie même de la pizza. J'ai déchiré un bout de pizza, je l'ai roulé et je me le suis bâfré comme un maçon italien. Le con, il m'a regardé manger.

« Vous en avez fait un bordel avec votre Odette, j'ai dit entre deux déglutitions.

— Comment cela ? il a dit.

— Comment cela ? j'ai dit. Elle criait. Qu'est-ce que vous lui faisiez pour la faire crier comme ça ? Moi, je dois vous avouer que ça m'a mis en transes. De vous imaginer avec cette femme, prendre du bon temps pendant des heures, vous grimper dessus comme des chiens dans un four à pain, merde, c'était de la torture.

— Si nous vous avons dérangé, veuillez accepter mes excuses. Je ne pensais pas que la maison était si sonore.

— On entend tout, vous voulez dire ! J'ai l'ouïe fine. Même les petits bruits, je les entends. Le cerveau en déduit des images, tout un cinéma. Ça fait un moment que je vis sans femme, vous savez. C'est inhumain. La liberté, je m'en fiche. Mais la femme, il me la faut. J'en ai besoin. Vous pensez peut-être que c'est vulgairement physique ? Pas du tout. C'est pour mon équilibre psychique. Vous pourriez, vous, rester des semaines sans activité sexuelle ?

— Je ne sais pas, il a dit.

— Vous ne savez pas, parce que vous n'avez jamais essayé.

— Est-ce qu'elle vous plaît, la pizza ? il a dit pour détourner le cours de la conversation.

— Elle est bonne. Mais elle serait meilleure si je la mangeais en me disant que j'aurais Karine au dessert. Parce que vous ne la connaissez pas, Karine ! Pour ce qui est des choses de l'amour, elle vaut sans doute votre Odette. C'est une grande praticienne. Un caractère entier, j'en conviens. Quand elle dit non, elle dit non. Mais quand elle dit oui, elle dit vraiment oui. Une folle ! On a fait des trucs ensemble que quand on y repense on n'ose même plus en reparler en se regardant dans les yeux.

— Vous lui êtes fidèle ? » il a dit.

Il avait l'art de me prendre au dépourvu. Mais il ne savait pas à qui il avait affaire, le con. Je me suis mastiqué un bout de pizza pour me donner le temps de trouver une parade.

« Et vous, j'ai dit en rotant la sauce tomate, vous lui êtes fidèle à Odette ?

— Pas toujours, il a dit en baissant la tête. L'homme a quelquefois besoin de respirer un autre air. La chair est faible, n'est-ce pas ? »

Là, il m'a tué, littéralement. Quelle franchise ! Il aurait pu me rétorquer que ça ne me regardait pas. Je ne l'aurais pas mal pris. C'était lui le plus fort. Il avait quasi tous les droits. Particulièrement celui de ne pas répondre à mes questions.

« Je suis peut-être indiscret ? j'ai dit pour rattraper le coup.

— Pas du tout, il a dit. Nous sommes ensemble depuis dix ans, Odette et moi. Mais libres, finalement. En tout cas, liés par aucune promesse. Je n'ai d'ailleurs pas le sentiment de la tromper.

— Tromper c'est tromper, j'ai dit.

— Je fais appel à des professionnelles, il a dit, comme s'il évoquait l'éventualité de passer commande d'un pâté en croûte à un traiteur réputé. Avec les professionnelles, c'est purement hygiénique, n'est-ce pas ? Vous n'avez pas recours à leurs services, vous ?

— Pas les moyens. J'ai jamais une thune d'avance. La pipe c'est combien ? Dix, douze bocks de bière. Si on veut un peu plus, ça double la facture. Entre la pompe à bière et la pompe à sperme, pour des hommes comme moi, y a un choix à faire.

— Mais si vous aviez les moyens ? il a dit.

— Ça, oui. Sans problèmes. Si j'avais les moyens, je m'offrirais du bon temps. C'est humain, pas vrai ? Karine, des fois, elle a des lunes. Elle se contrarie facilement. Soit que je rentre tard et trop bourré pour la reconnaître quand je la croise dans le couloir. Soit que j'ai bu le po-

160

gnon qu'elle avait prévu pour la bouffe. Vous savez, les femmes, c'est plutôt matérialiste. L'homme est rêveur. C'est pour ça qu'il boit. La femme, elle, elle mange. Le monde de la femme est solide. L'homme, il marche sur l'eau. Jésus, c'était un homme.

— C'était le fils de Dieu, il a dit.

— On est tous les fils de Dieu, puisqu'on l'appelle Notre Père qui es aux cieux. Moi quand j'ai la musette, je marche sur l'eau, je vais sur Uranus, je suis le roi des rois et le président des présidents. »

On discutaillait, finalement, comme deux vieux potes. On échangeait des confidences. On ouvrait son cœur. Il était con, Jacques, je ne veux pas revenir sur ma première impression, mais au fond je le sentais brave type, amical, bienveillant. Ce qu'il avait dit sur moi dans la voiture me chatouillait encore dans la tête. C'était agréable. J'avais presque envie de lui serrer la main. Je n'ai pas essayé, à cause du réflexe qu'il pourrait avoir, de sortir son flingue, quand il verrait ma main avancer vers lui, pourtant animée des meilleures intentions. Mais j'ai voulu lui rendre une sorte d'hommage, manifestation de ma gentillesse et de mes sentiments de sympathie à son égard.

« Je trouve qu'on s'entend bien, j'ai dit.

— Je trouve aussi, il a dit en faisant celui qui rosissait.

— C'est vrai, je vous aime bien, j'ai dit.

— Je vous aime bien aussi, vous savez », il a dit.

Et là, c'était comme si on s'était tout dit. Alors, on est revenus à l'écran de la télévision. Sa mère débitait sa galantine. Une jolie charcutière. Toutes les speakerines du monde m'évoquent des charcutières. Pas seulement celles de l'Antiquité. Celles d'aujourd'hui aussi. Elles ont cet air très hygiénique qui est l'honneur de la charcuterie, et cette politesse requise par la relation commerciale. Elles ont une mine de bonne santé. Tout le monde sait qu'une charcutière aux joues creuses ou trop visiblement ménopausée ne vend plus un décimètre de boudin noir. À la télé, franchement, les animatrices sont vraiment des exemples admirables de condition physique. Pour le dedans de la tête, on est en droit de s'interroger. Mais à l'extérieur, c'est de la peinture fraîche à longueur de temps. À deux ou trois exceptions près, c'est du neuf. La télé renouvelle souvent son parc. Elle a raison. Dans une vitrine, le pays doit installer ce qu'il a de plus beau. Moi, c'est ce que j'appelle une télévision de qualité.

« J'aimerais tant, il a dit, que vous vous sentiez bien chez moi.

— Mais je me sens bien, j'ai dit. Je ne manque de rien. J'ai commis une inadvertance, bien sûr. C'est pas normal, non plus, de laisser traîner un électricien sous le nez d'un homme en phase de séquestration. Mais enfin, c'est du passé.

— N'en parlons plus, il a dit avec une mine classique.

— Vous savez, j'ai dit, que pour connaître son bonheur, il faut avoir risqué de le perdre. Et puis, je crois que j'étais encore assez bien égoïste à ce moment-là. Je ne voyais que mon petit problème existentiel. Je ne pensais qu'à moi. J'avais pas encore perçu tout le mal que vous vous donnez pour moi.

— Je voudrais tant pouvoir faire plus, il a dit.

— Vous n'avez qu'à m'apporter un casier de bière. De l'ordinaire. Pas de la bière de ménage, ce serait déchoir. L'alcoolique n'a pas de principes, mais il a ses habitudes. Et ses goûts. Personnellement, je m'interdis la bière en litre. Mon litre à moi, il lui faut trois capsules. C'est trois fois du plaisir, au fond, non ?

— Il y a deux raisons pour lesquelles je ne peux pas accéder à votre requête. La première, c'est que je ne bois pas et que j'ai horreur de la perte de contrôle induite par l'ivresse. Cela dégrade le meilleur des hommes, vous le savez bien.

— La soif altère, c'est pas mieux, j'ai dit.

— L'eau, le thé, le café en viennent à bout sans dommage et sans indignité. La deuxième raison, c'est que vous pourriez utiliser les canettes, pleines ou vides, comme des projectiles et à mon détriment.

— Vous y allez, là ! j'ai dit. Je suis sans agressivité. Je roule un peu les épaules, j'élève la voix, mais c'est pour cacher ma lâcheté. Attention, c'est une lâcheté philosophique. Je suis non violent. À fond pour Gandhi. Vous me jugez mal.

— L'alcool modifie la personnalité.

— Pas du tout ! j'ai dit avec conviction. L'alcool la renforce. Un con est toujours plus con bourré qu'à jeun. Moi je suis sensible. C'est ma nature. Quand j'ai picolé, je serais plutôt dans les larmes, si vous voyez. Y a des nostalgies qui me remontent à la gorge. Ou alors, je fais des projets. Je me vois à la conquête de l'Amérique. Je roule dans des grosses bagnoles. Je me tape des serveuses fast-food. Je nage dans les frites. J'ai une ligne directe avec la pompe à bière. Vous voyez, des trucs essentiellement inoffensifs.

— J'aimerais pourtant vous faire plaisir », il a dit.

Je le croyais sur parole. C'était vraiment le mec magnanime. J'ai de l'intuition, je sais juger, faire le tri entre le valable et le pas valable. Il avait le profil du brave. Embêté, à cause de cette affaire de bière, et de mon insistance. J'étais en manque, c'est vrai.

« Je serais, j'ai dit, quasiment plus belliqueux

quand je ne bois pas. Belliqueux, le mot est fort, car je n'ai jamais fait de mal à une mouche. Mais tel que vous me voyez, en tant qu'homme déçu d'être privé de boire, je serais presque nerveux. Ça serait un autre que vous, j'aurais déjà tenté une sortie. Mais là, ça va, je suis nerveux, mais calme. »

Il m'entendait. Avec des hochements de tête psychanalytiques. En étouffant un infime bâillement, il a marmonné que l'heure était largement sonnée de se mettre au lit. Il avait eu une journée fatigante. Il se sentait brisé. J'ai pensé à Odette. Qui m'a ramené à Karine.

« Vous pouvez dormir, vous, j'ai dit. Vous avez pris votre plaisir. Moi j'ai même pas une bière pour me consoler. »

Il s'est levé sans un mot. Une ride creusait son front. Il a soupiré. Il devait penser que je radotais.

Au petit déjeuner, il m'a dit qu'il devait conduire sa mère à la gare. Elle partait pour cinq jours à Venise. Une folie, s'effrayait-il. Un caprice de vieille dame. Elle s'était décidée tout d'un coup. Elle venait de lui téléphoner. Il était complètement bouleversé.

« Vous vous rendez compte ? il a dit. Dix-huit heures de train ! À son âge ! Comment va-t-elle me revenir ? Dans quel état ? Je ne l'ai pas trouvée en très grande forme ces derniers temps. »

Il s'inquiétait trop. Je lui ai dit la vérité : les vieilles personnes ne sont pas des enfants. C'était sans doute bien dit, parce qu'il m'a approuvé.

« C'est vrai que les vieilles personnes ne sont pas des enfants, il a dit. Mais vous savez ce que c'est qu'une mère. Vous en avez une.

— Tout le monde en a une, j'ai dit.

— Connaissez-vous ce vers magnifique de Gabriel-Marie Legouvé ? Qui dit : Tombe au pied de ce sexe à qui tu dois ta mère !

— Et ce non moins magnifique distique de Jean-Robert Poyette ? Qui dit : Le seul chagrin de Dieu qui pleure sur la terre / C'est d'être né un jour sans connaître sa mère.

— C'est magnifique ! il a dit. C'est magnifique. C'est vrai que Dieu n'a pas connu sa mère. Vous savez des choses merveilleuses en poésie. Des choses merveilleuses. Des choses qui vont loin et qui montent haut.

— L'expérience », j'ai dit, modestement.

Je faisais celui qui a vécu. Il aimait bien. Les riches aiment beaucoup les gens qui savent les épater par toutes sortes de connaissances inattendues, superbes, théologiques. De toute façon, en alexandrins j'ai toujours été très fort. Il n'était pas de taille. Je connais les plus exemplaires. Les pointures. L'alexandrin chausse du douze. C'est le vers qui chausse le plus grand.

« Vous êtes très fort en alexandrins », il a dit.

Je ne lui faisais pas dire.

« Je les connais tous, j'ai dit. Vous en voulez la preuve ?

— Pari tenu », il a dit.

Il croyait peut-être que je me vantais. J'ai pris mon souffle et je lui en ai collé une première série. Le nom de l'auteur en prime. Voilà :

« *Ils étaient douze à table et mangeaient du lapin. (Victor Hugo)*

Leurs traits nous couvriront comme un nuage
  sombre. Tant mieux, répond le roi ; nous
  combattrons à l'ombre. (G. de Scudéry)

La vie est comme un grand violon qui sanglote.
  (Albert Samain)

Notre essai de culture eut une triste fin. (Paul
  Verlaine)

Murmurant sans un mot, comme parle un ruis-
  seau. (Je Ne Sais Plus Qui)

Les jours ont rallongé et c'est bien agréable.
  (Jean-Claude Villa-Rubias)

Nous n'en dirons pas plus : les plats vont refroi-
  dir. (Jean-Claude Villa-Rubias)

Dans le film de sa vie, c'est son dernier grand râle.
  (Julius Dump). »

Déclamés avec le ton idoine, en rajoutant
même un peu dans le parti pris Comédie-Française. Les gestes à l'appui. Ampoulés comme il
faut. Frisant le grotesque, ce qui convient idéa-
lement à la langue des classiques. Le con, il était
atterré. Il m'a applaudi.

« Je peux tenir des heures dans le même re-
gistre, j'ai dit.

— Je n'en doute pas », il a dit, sonné comme
d'avoir reçu un coup décisif dans la tête.

Il réalisait que le peuple aussi était capable de grandes choses. Même avec peu de moyens. L'alexandrin, en effet, c'est ce qui coûte le moins cher à fabriquer. Moins cher que le pain. C'est dire. Moins cher que le cassoulet en boîte. Il s'est levé comme un automate. Il branlait par tous les bouts. L'émotion artistique, c'est pire que la bombe atomique. L'homme sensible est irradié d'un seul tenant. Il n'a plus un centimètre de peau un peu libre. Plus un seul neurone disponible pour autre chose que le trouble lyrique. Il en avait plein la tronche. Il titubait. Il est parti prendre sa mère à l'hôtel sans même me dire au revoir ni quand il comptait rentrer. Un moment, j'ai cru qu'il exagérait. Pour me faire plaisir. Mais non. Il était tellement sincère qu'il avait oublié son téléphone portable sur la table de la cuisine.

Je ne suis pas vicieux, loin de là. Mais je n'ai pas pu résister. J'ai composé le numéro des flics et j'ai expliqué mon cas au brigadier de garde. Dans un premier temps, il ne m'a pas cru. Le scepticisme est une vertu policière. Il m'a demandé de répéter toute l'histoire. J'ai répété. J'ai donné l'adresse de la maison. Le nom de mon ravisseur. Le piège qu'il m'avait tendu en jouant les mecs bourrés.

« C'est une plaisanterie ? il disait, le flic.

— Mais non ! On baigne dans l'authenticité !

— Vous voulez nous faire croire que vous avez été enlevé par M. Jacques Cageot-Dinguet ?

— Puisque je vous le dis ! j'ai dit.

— Ce n'est pas dans les habitudes de M. Jacques Cageot-Dinguet, il a dit, d'enlever et de séquestrer des personnes.

— Je ne suis pas le premier. Il y a une dizaine de cadavres enterrés dans la cave ! »

Le flic a rigolé. Il a rigolé. Il s'est foutu de moi. Je regrettais d'avoir dû en arriver à signaler les cadavres, mais je pensais que l'argument pesait son poids. En général, le flic dresse l'oreille quand il entend le mot « cadavre ». Celui-là était bouché hermétique. Il ne voulait rien savoir. Il m'a accusé de vouloir diffamer M. Jacques Cageot-Dinguet, honorablement connu dans cette ville, bienfaiteur de la police, mécène épisodique de l'équipe de football et philanthrope municipal aguerri aux plus lourds sacrifices.

« Un grand homme », il a dit, le flic.

Il m'a raccroché au nez. J'étais furieux. Malheureux en même temps. Une bête blessée. Mais j'ai refusé de céder au découragement. J'ai appelé les pompiers. Je les ai suppliés de faire quelque chose pour un homme en danger de mort. Mes heures étaient comptées.

« Il est parti, j'ai dit. Il conduit sa mère à la gare ! Elle part quelques jours à Venise ! Quand il reviendra et qu'il verra que j'ai téléphoné, il me tuera ! »

Le pompier s'est révélé moins compréhensif que le flic. Il m'a carrément envoyé me faire foutre, j'emploie le mot. Ce n'est pourtant pas un mot de pompier, ça. Comme j'insistais avec des accents d'homme de gauche en crise de promesses, il a repris les choses à zéro et m'a resservi le refrain du généreux donateur, du sponsor amical, de l'ami des soldats du feu. Des conneries, vraiment. Ainsi j'ai su que Jacques Cageot-Dinguet achetait le calendrier cinq patates, « sans compter le reste ».

« Vous vous fichez de moi ? j'ai dit.

— Comment pouvez-vous penser ça ! »

Et il a raccroché. Moi, baisé. Enragé. J'ai failli broyer le téléphone du con. Il ne me restait plus qu'à alerter le samu. Je me sentais de semer le désordre dans toute la ville. De déclencher des plans orsec en ma faveur, en instruisant les services de la préfecture. Je pouvais aussi essayer le curé. En désespoir de cause, j'étais décidé à prévenir SOS femmes battues. Je déguiserais ma voix. Les femmes battues, ça marche à tous les coups. On y trouve toutes les intégristes du respect de la personne. Des méchantes. Des baroudeuses. Elles me sortiraient du pétrin.

Il n'y aurait pas besoin. Le docteur des urgences me répondait de la salle d'opération.

« Je referme un ventre et j'arrive », il a dit.

Il ne m'a pas laissé le temps de le remercier. Ni d'ailleurs de raconter mon histoire. Ma voix l'avait convaincu : je criai au secours. Je pleurais. Les autres m'avaient débité les nerfs en tranches. J'avais le cœur comme une boule de chair à saucisse attaquée par la vermine. Je respirais mal.

« Allongez-vous et attendez l'ambulance ! »

Il ne s'est pas gêné pour me parler du ventre qu'il était en train de recoudre. Je devais patienter et ne pas m'inquiéter, c'est ce que ça voulait dire.

« Il risque d'être rentré, j'ai dit. Il ne voudra pas vous ouvrir la porte. C'est le problème qui se posera si vous tardez.

— Allongez-vous et attendez l'ambulance ! »

Ça, ça voulait dire : « Ferme ta gueule et laisse-nous faire notre métier. » De toute façon, il était reparti dans le ventre qu'il soignait. Je comprends les nécessités de l'urgence.

Et puis une illumination m'a traversé la cervelle. J'ai appelé Karine. Je pensais que les femmes aiment sauver la vie de l'homme qu'elles aiment. Elles plongeraient à l'eau, se jetteraient dans le feu, bondiraient sur des tessons de bouteille, pour porter secours à leur compagnon de chambrée. L'amour, c'est à la vie à la mort. L'homme ne respecte pas toujours cette fière

devise, mais la femme s'en montre infaillible-
ment digne. Elle a l'esprit de dévouement dans
le sang.

Ça ne répondait pas. Alors, j'ai compris. Pas
tout. Mais un certain nombre de choses. Par
exemple que ce n'était pas l'électricien qui avait
donné mon message au con, mais Karine qui le
lui avait vendu. Le con, il savait où j'habitais,
avec qui. Il avait magouillé un truc bizarre pour
mettre Karine de son côté. À dire vrai, Karine,
comme salope, on ne fait pas mieux. Tant qu'elle
a le pognon, elle reluit. Dès qu'elle vient à man-
quer, elle maugrée. Je la voyais d'ici. Et lui aussi,
je le voyais l'entourloupiner. Avec son pouvoir
d'achat, une vraie force de frappe, il n'avait
pas eu le moindre mal à obtenir d'elle tout ou
partie de son corps en action. Je le connaissais
mieux, lui, maintenant. J'avais entendu ce dont
il était capable quand on lui fourrait une femme
dans les pattes. J'ai serré les poings, parce que
l'image de Karine s'est superposée aux images
que m'avait inspirées ce que j'avais entendu du
foutral délire d'Odette. J'ai eu honte pour elle.
Et je lui en ai voulu d'avoir honte.

Ce n'était qu'une hypothèse de réflexion,
bien sûr. Mais assez réaliste pour me faire dres-
ser les cheveux sur la tête. La preuve, c'est que
Karine ne répondait pas au téléphone. À cette
heure de la journée, elle ne décampait pas de la

télé. C'était l'heure de *La pizzeria de l'amour*, un feuilleton qui tourne depuis plus de dix ans. Karine n'en a jamais raté un épisode. Elle se relève la nuit pour suivre la rediffusion de l'épisode quand elle a le sentiment qu'une finesse du scénario lui a échappé. Une passionnée. Une fervente. Si elle ne répondait pas, c'est qu'elle ne se trouvait pas à la maison. Pour moi, elle avait pris l'avion pour les îles, chargée d'une mallette de billets, en route pour la belle vie perpétuelle, comme elle en avait toujours rêvé. Il fallait qu'elle soit salope pour se conduire aussi légèrement à mon égard. Je maintiens mon accusation.

Du coup, j'ai retéléphoné aux flics. Je suis tombé sur un collègue de celui qui m'avait répondu la première fois. Un type calme, presque endormi, avec une splendide voix de gardien de la paix. J'ai demandé qu'ils frètent une camionnette, qu'ils se rendent à mon adresse, qu'ils vérifient si une femme répondant au nom de Karine n'avait pas mystérieusement disparu.

« Vous êtes de la famille ? il a dit.

— Je suis son mari.

— Je pensais à une célibataire, il a dit.

— On n'est pas mariés, mais on vit en ménage, j'ai dit. Qu'est-ce qui se passe ?

— Elle a déposé une plainte contre vous, il a dit. Pour mauvais traitements, violence, brutalités sexuelles. »

N'importe quoi. En plus, il m'a dit qu'elle me craignait tellement qu'elle était partie se mettre à l'abri à l'étranger, chez des amis ou chez des relations, je n'étais plus en état de comprendre tout. J'étais consterné. Comme un imbécile, j'ai coupé la communication et je n'ai pas osé rappeler. Jamais je n'ai levé la main sur Karine. Ce serait plutôt le contraire. Quant aux brutalités sexuelles, est-ce que la sodomie est à ranger sous cette étiquette ? Moi je ne voulais pas. Je dois à la vérité de dire qu'elle ne voulait pas non plus. Ça s'est fait sans qu'on le veuille ni l'un ni l'autre. Dans l'excitation. Dans la fébrilité. On était comme des malades. On se roulait dessus. On s'emmanchait debout. Par terre. Dans la cuisine. Dans la salle de bains. Sans y regarder. Mus d'un commun accord par la débauche. Une affaire de couple. Elle ne s'est pas plainte. Au contraire. J'y suis allé sans violence, sans mauvais traitement, en homme amoureux.

Pour me tracasser, ça me tracassait. Je suis remonté dans ma chambre, écœuré, au bord des larmes, en nage. Déposer plainte contre moi. Karine ! Je la savais capable des pires crasses. Elle s'est engueulée avec tous les voisins. Elle médit même de ceux qu'elle n'a jamais vus. Elle est bête comme ses savates. Elle n'est pas capable de cuire un œuf sur le plat sans crever le jaune. Je l'aime. Je la vois comme une femme qu'on aime. En faisant abstraction de ses faiblesses. Mais jamais je n'aurais imaginé qu'elle se laisserait acheter par le con. Le pognon lui était monté à la tête, il n'y avait pas d'autre explication. Je naviguais dans une histoire de cinglés. Ils étaient tous contre moi. Je me suis étendu sur le lit, comme me l'avait recommandé le médecin des urgences. Et j'ai prié. J'ai croisé mes doigts et j'ai prié. Comme un homme qui a peur. Comme un homme qui fait de l'huile. Comme une loque humaine tordue et retordue, essorée par les mains puissantes du malheur et de l'injustice.

Dans la fenêtre, la nuit commençait à éborgner le jour. J'ai jeté un œil vers le jardin du bossu. Il y avait des éclats de vieux soleils à la cime d'un arbre, assez loin dans le paysage que le vent berçait avec des douceurs de radiateur soufflant. J'ai repensé aux alexandrins, une science qui ne me permettrait peut-être plus de briller encore longtemps en société. J'ai repensé à Cageot-Dinguet si ému lorsqu'il m'écoutait bramer mon amour de la poésie en vers mesurés. Je n'arrivais pas à comprendre comment il avait pu prendre l'initiative de rendre visite à Karine et de la convaincre de porter plainte contre moi. D'autant que Karine n'a jamais aimé les flics. Elle préférerait se laisser violer par une meute de délinquants en blouson de chasse plutôt que de devoir un fragment de son honneur de femme à un képi.

Il y avait autre chose. Je ne savais quoi exactement. Je pensais. Sans le vouloir, j'ai remué, écrasant la télécommande. La télévision s'est remise en route. La vieille apparut dans sa stature de jeunette. Je l'ai traitée de pute, de chienne, de suceuse d'ingénieurs. C'était probablement injuste, mais j'avais besoin de me soulager, de passer ma colère sur quelqu'un. À quarante ans de distance, on se demande comment des épouvantails de cet acabit ont pu fasciner des populations entières pendant des années. Les bœufs qui mastiquent la prairie ont un regard plus éveillé. Et ils profèrent nettement moins de conneries. Je haïssais la speakerine.

C'est ce qui m'a rendu courage. Et des idées. La haine est un moteur qui tourne rond. J'ai soulevé la couette. La taie d'oreiller avait été déchirée par le tir nourri de Cageot-Dinguet. Je l'ai vidée. J'en ai divisé l'étoffe en bandes larges d'un doigt. J'ai tressé ces bandes, bien serré, de sorte à fabriquer un garrot résistant à tous les efforts de traction, même à ceux d'un homme de corpulence moyenne qu'on aurait saisi par-derrière, solidement, et qui se débattrait avec l'énergie du désespoir. C'est ce que je prévoyais de faire. Quand il rentrerait le con me saluerait.

Il viendrait au moins me demander ce que j'avais fait de son téléphone portable, que j'avais caché dans le compartiment beurre du frigo. Je lui dirais. Il me demanderait peut-être pourquoi le compartiment beurre. Je lui dirais : parce que je ne savais pas où le mettre. Il me dirait que ce n'est pas la meilleure place pour un téléphone. Je lui dirais que ce n'est pas non plus la pire. Il se retournerait. Il serait à un mètre de moi. Je saute, je bondis, comme un couguar, le garrot au-dessus de la tête, et couic, il ne reste plus qu'à brider étroit. Il ne regimberait que le temps d'être gazé. Deux minutes au plus. Les carotides bloquées, la trachée artère écrasée. Avec un peu de chance, en s'agitant, il s'endommage une cervicale, paralysé, il s'écroule, et tombe en chute libre, comme une merde du cul d'un oiseau. Personne ne m'en voudrait d'avoir éliminé un individu aussi répugnant. Pour sauver ma peau. Normalement, l'homme basé sur l'idée de gauche ne tue pas. Il privilégie la négociation. Mais en cas de nécessité, il peut avoir recours à des expédients de malfrats. S'il est menacé dans sa chair, surtout. Si ce n'est qu'une atteinte à sa dignité, il fait avec. Il ferme les yeux. Il méprise. Il sait comment s'en remettre. Il s'en remet d'autant mieux que c'est une atteinte qui ne le démet pas. Il est philosophe. Il fait la part des choses.

Resterait le problème de Karine. Si le flic n'avait pas menti, elle était en route pour l'Espagne. Depuis le temps qu'elle a envie d'aller en Espagne, au soleil, se gaver de tapas et soulager ses pulsions macabres en assistant à des mises à mort de taureaux. Je la pourchasserai jusqu'au bout du monde et jusqu'à la fin des temps. C'est dire ma détermination.

Pour une surprise, ça a été une surprise. La porte s'était ouverte sans bruit et une femme était entrée, en y mettant les formes. Un monument. Le haut de gamme. Une rousse avec des cheveux qui débordaient, des lèvres qui débordaient, des seins qui débordaient, du rimmel qui débordait, des bijoux, des colliers, des fringues, des bagues, des étoffes, des bracelets, des bas résille, des boucles d'oreilles gigantesques et qui tintaient quand elle tournait la tête.

« Bonjour, chéri », elle a dit en s'appuyant contre le dormant de la porte.

Je n'ai pas su quoi lui répondre, sauf Bonjour, tout court. J'avais presque failli lui dire Bonjour, Madame. Mais tout de suite j'avais vu que c'était une professionnelle. Le caviar du métier. Ce qu'on pouvait faire de mieux. Elle se lavait les lèvres à coups de langue, avec une sobriété d'essuie-glace.

« Il paraît que tu manques de compagnie, elle a dit en reprenant sa langue.

— Qui c'est qui vous a dit ça ? j'ai dit, pour marivauder.

— C'est Monsieur Jacques. Il m'a dit qu'il avait invité un ami. Un ami qui avait des gros besoins affectifs. Et des gros moyens financiers. Je me trompe ? J'aurais mal entendu ? »

Avec le pognon que j'avais mis coucher dans la table de nuit, c'est vrai que je pouvais être pris au sérieux. J'ai claqué des dents, en me crispant, pour lui dire que j'approuvais ce qu'elle venait de me dire. Elle avait de la classe. Pas trop. Point trop n'en faut pour ces choses-là. Mais elle en avait. Ça s'exprimait dans la lenteur qu'elle mettait dans ses mouvements, dans ce déhanché discret, ce remous pelvien presque éthéré. Elle me filait le fougnant. J'avais le fougnant. Raide comme une lambourde.

« C'est combien ? j'ai dit pour avoir l'air d'être habitué.

— Trois billets, elle a dit en clignant de l'œil.

— C'est raisonnable, j'ai dit, pour montrer que ce n'était pas ce qui allait grever mon budget.

— Payable d'avance », elle a dit sans avidité.

Elle a montré l'échancrure de son corsage. C'était sa banque. Le pognon a bien de la chance de pouvoir faire son nid dans des endroits aussi riches en rebondissements.

« Pour ce prix-là, elle a dit, tu me fais tout ce que tu veux. Je suis à toi pour trois heures d'horloge.

— Vous pourriez dormir ici, j'ai dit, pris par une bouffée de sentiments domestiques.

— Monsieur Jacques ne m'a pas parlé de ça. De toute façon, j'ai un rendez-vous juste après toi. Ce sera pour une autre fois. En trois heures, tu peux déjà te contenter, non ?

— Ah bé ça, oui ! j'ai dit.

— De quoi tu as besoin, exactement ? Dismoi. N'hésite pas. Ne te retiens pas. Je suis là pour toi.

— On pourrait se causer un peu, faire connaissance, j'ai dit. Je m'ennuie d'avoir une conversation avec une femme. Je suis a priori un grand sentimental, vous savez !

— Tu veux me faire croire des choses ? elle a dit. Moi je pense que tu es pour les jouissances franches et massives.

— Je suis un intellectuel, j'ai dit. Un poète, pour tout dire.

— On va y regarder de plus près », elle a dit.

J'avais pris trois billets et je les ai glissés dans son corsage. Elle s'est agenouillée devant moi. Elle a dézippé ma braguette. Sa main a fouillé. Elle a trouvé sans peine, évidemment.

« T'es monté, toi ! elle a dit.

— Comme tout le monde, j'ai dit avec humilité.

— T'es monté, t'es monté ! Je ne suis pas la première à te le dire, non ?

— Si… Enfin, je ne sais pas. Vous savez, je n'en tire pas d'orgueil. Pour moi, c'est normal. Je vis avec, je me suis habitué.

— Elle est vraiment très belle, tu sais. Je crois que je suis bien tombée. Très belle. J'ai de la chance, ce soir. Je suis heureuse. »

Elle tremblait légèrement. Karine ne m'a jamais dit que j'en avais une belle. Ce n'était pas le moment de penser à elle. Je la laissais à ses Espagne.

« Avec un engin pareil, elle a dit, je suis sûre que je vais faire du bon travail. »

Elle a posé son sac à main par terre. D'une pochette latérale, elle a tiré un mouchoir, qu'elle a déplié sur le parquet. Puis elle s'est enfoncé les doigts dans la bouche. Ça m'a étonné. Elle a retiré ses dents et les a rangées proprement au milieu du mouchoir. Je n'avais jamais vu ça, même dans les films.

« Je me mets toute nue pour toi », elle a dit d'une voix changée.

Devant mon ébahissement, elle s'est cru obligée d'expliquer :

« J'appelle ça la Touche Onassis. Seuls les mecs à fric y ont droit. Tu vas voir, c'est très bon. Je ne la fais qu'aux mecs qui me plaisent. Tu es un privilégié : tu me plais. Tu me plairais moins, je garderais les dents du bas. Tu me plairais encore moins, je garderais les dents du haut. Tu ne me plairais pas du tout, je garderais les dents du haut et celles du bas. Mais ça, n'importe quelle fille dans la rue te le fait. C'est limite vulgaire. En tout cas, c'est banal. »

Elle s'est enfourné le fougnant. Elle n'en faisait qu'une bouchée. Le moelleux de la langue se mêlait à la fermeté gingivale, un vrai régal, comme le sucré-salé, en cuisine, ou le chaud-froid. Une spécialité. C'était autre chose que ce que me faisait Karine. On a beau dire, la bonne volonté ne suffit pas. Il faut l'expérience, les dispositions. L'amateur réussit des prodiges, mais il n'atteint jamais le niveau de finition du professionnel. Jamais. Au bout de deux minutes, j'en étais déjà à me retenir, à penser à des choses désagréables, et même terribles, pour ne pas me laisser vider sans avoir mis un point d'honneur à résister.

Elle s'est arrêtée de sucer. Ses joues, ses lèvres lui entraient dans la bouche, mollement. Sans la rendre laide.

« Tu aimes ? elle a dit.

— C'est très bon, j'ai dit.

— Je sens que tu as déjà envie de venir, elle a dit. Elle fait comme des hoquets dans ma bouche. Si tu veux faire couler, tu peux. N'y regarde pas : j'avale. Ensuite, je te la remonterai à la main. Je connais mon métier. Je t'ai pesé les testicules. Il y a trois ou quatre éjaculations là-dedans. En comptant au plus juste. Tu ne pourras pas liquider tout en une seule fois. »

Elle parlait technique, mais sur un ton folâtre et tout en y allant à trois doigts, tout du long, en délivrant bien le gland qu'elle lichait brièvement quand elle reprenait son souffle entre deux phrases.

« Je préfère attendre, j'ai dit en grimaçant.

— Comme tu veux, elle a dit. Le client est roi. »

Je suis d'une génération d'hommes qui se retiennent. On nous a éduqués dans le respect du plaisir de la femme. On sait qu'elle aime bien que ça dure. Alors, on lime. Plus c'est longtemps, plus il y a à prendre, plus c'est bon pour elle. Karine, je la fourrais des nuits entières. Elle était stricte là-dessus. Si je dégommais avant qu'elle ait pu faire valoir ses droits à l'orgasme, elle me faisait la gueule pendant une semaine. C'était même pas tellement une question de plaisir. Plutôt une affaire de principe. Elle estimait qu'elle avait droit à deux heures de bourre, elle voulait ses deux heures de bourre. Je comprends la logique. Mais parfois l'homme aime bien aussi griller les étapes. Surtout quand il sait qu'il pourra se reconstituer dans le quart d'heure, juste le temps d'une minette, preuve qu'on ne fait pas son dégoûté, et donc preuve d'amour généreux.

« Comment vous appelez ça, déjà, ce que vous me faites là, j'ai dit.

— C'est une pipe, elle a dit. Mais une spéciale. Tu sais que je me suis fait arracher toutes les dents quand j'ai mis au point cette formule. Dans la vie, il faut savoir ce qu'on veut. Moi je pense qu'il faut toujours être le meilleur dans sa discipline. Ça coûte ce que ça coûte, mais au moins on a la conscience tranquille. Cramponne-toi maintenant, je te la gobe et je te fais les montagnes russes. Ça va secouer. J'espère que tu as le cœur solide, parce qu'il va te descendre dans les bourses. Un genre de saut à l'élastique. J'évite de le faire aux vieux, parce que ça les tue. Mourir chez une pute c'est comme mourir chez le médecin : ça ne fait pas une bonne publicité au commerce. »

Elle ne mentait pas. Elle avait parlé d'attraction foraine. C'était plutôt le débarquement sur les côtes de Normandie. Un déferlement inouï. Du grand spectacle. Je me suis trouvé soulevé dans les airs, comme porté par une déflagration mélodieuse. Je suis tombé à la renverse sur le lit, en travers, comme dans les films. Elle ne m'a pas lâché. Son mouvement buccal a suivi ma trajectoire. Elle était comme vissée sur ma verge.

Pire : une fusion. J'ai eu l'impression de décharger des litres. J'en étais même gêné. Je me disais c'est trop, c'est trop, je vais la noyer. Mais elle savait nager. Elle a épongé mes excédents, en les lapant comme un chat une soucoupe de lait. Une fois que j'ai eu repris mes esprits, ma première pensée s'est envolée vers Jacques. C'était une pensée gorgée de gratitude. S'il m'en envoyait une comme ça deux fois par semaine, la vie dans cette maison deviendrait un vrai conte de fées. J'allais dire un paradis terrestre, mais il y a des moments où on ne tient pas à prendre le risque de blasphémer.

« C'était bon ? elle a dit en s'allongeant contre moi après avoir remis ses dents.

— Je comprends que c'était bon, j'ai dit. C'est même une révélation. Je ne sais pas quoi dire. J'ai l'impression d'être dans un état second. De rêver éveillé.

— Ce n'est qu'un début », elle a dit.

Je savais qu'elle ne plaisantait pas. Elle s'est blottie contre moi, en amoureuse. C'était agréable aussi.

« Tu connais bien Jacques ? j'ai dit, profitant de ce répit entre le début et la suite.

— Monsieur Jacques, je lui ai rendu des services, elle a dit.

— Le genre de services que tu me rends en ce moment ? j'ai dit.

— Bien sûr. Je ne sais faire que ça dans la vie. C'est comme le patinage artistique, tu sais, il faut des années pour sucer comme une championne. Je ne veux pas me vanter, mais j'ai atteint un excellent niveau. En ville, dans ma catégorie, je suis sans doute la plus réputée. Et la plus demandée. Monsieur Jacques sait honorer ses amis, à ce que je vois. Il ne s'est pas fichu de toi.

— Vous êtes déjà venue ici ?

— Oui. Pour Monsieur Jacques.

— Pour d'autres de ses amis ?

— Non. C'est la première fois, elle a dit en y mettant un accent de sincérité.

— C'est parce que je crois que Jacques invite souvent des amis dans cette maison. Je ne suis pas le premier. Alors, je me demandais.

— Peut-être qu'il a fait appel à mes consœurs, elle a dit. Je ne suis pas seule sur la place. Il y en a pour tous les goûts. Monsieur Jacques doit choisir en fonction des penchants de ses hôtes.

— Qu'est-ce que vous pensez de lui ? j'ai dit.

— Un homme formidable, elle a dit. Un génie. Un philanthrope. Un artiste. Un être de culture. Et toi, qu'est-ce que tu penses de lui ?

— Moi, c'est pareil, j'ai dit. Je pense exactement comme vous. C'est un type carrément très bien. Hier, je lui ai fait part de mes besoins de tendresse. Aujourd'hui, vous êtes là. Je crois qu'il a vraiment essayé de me satisfaire au mieux. J'espère que vous reviendrez.

— Je suis à ta disposition, elle a dit. Et entièrement. Totalement. Pour tout ce que tu veux. »

Elle s'était roulée sur le côté, avait replié ses jambes sous elle, puis effectuant un rétablissement d'une complexité redoutable, elle s'était mise à quatre pattes sur le lit.

« Baise-moi comme une bête, chéri ! elle a dit. Vas-y, j'ai pas de culotte ! »

C'était un ordre, quasi. Elle avait vu que le fougnant s'était redéployé. Une tige, un axe, un essieu. Sans même y mettre les yeux, juste avec la main tendue derrière elle, elle m'a guidé en elle. J'ai vu que ce n'était pas où je pensais.

« On se trompe de porte, j'ai dit.

— Comment ça ? elle a dit.

— Je crois qu'on se dirige vers le petit, j'ai dit. Je voudrais pas que ça soit une erreur.

— Fonce ! C'est par là que c'est bon ! Je lis dans ton désir ! Je sais que c'est ce que tu veux ! Tu en rêves ! C'est pas vrai ?

— J'aime bien les deux, j'ai dit. Et puis, il y a que je l'ai un peu forte, je ne voudrais pas vous causer des dommages !

— Ça ne craint rien ! C'est fait pour ! Je ne le permets pas à tout le monde ! Juste pour les clients réguliers ! Pour les hommes qui ont des raffinements ! Le tout-venant marche à l'ordinaire ! Il n'est pas capable d'apprécier ! Il n'a pas assez de sensibilité ! Toi, tout de suite j'ai vu que tu étais un poète ! Un homme de science ! Je suis même sûre que tu as des connaissances en astronomie !

— Deux, trois choses, pas plus !

— Tu vois, elle a dit. L'homme qui est capable de lire la poésie des étoiles il sait la valeur de ce qu'on lui donne. Là, toi, tu es de ceux qui peuvent apprécier. Je suis sûre que tu aimes ça ! Tu aimes ça ?

— Oui, j'ai dit.

— Alors, vas-y ! Encule ! Et ne laisse pas un centimètre dehors. Mets-toi-la dans le rond jusqu'à la racine. Je veux que tu m'en fasses remonter le goût dans la bouche. »

Tout en parlant, elle avait enfilé le gland dans la passe et se poussait dessus. Ça m'a rendu comme dément. Je suis rentré là-dedans, affolé, le cœur en loque battant au vent, fou à me déchirer, la pine s'enfilant en vrac dans l'étroitesse. Je me disais que le pognon ouvre toutes les portes en grand. Les riches n'ont que le mal de payer. Avec Karine, il avait fallu des années d'approche et des soirs d'ivresse, des cassettes où piquer des idées, une mise en condition intellectuelle, quel boulot ! Là, en grande pro, elle devançait mes envies. Elle les devinait. Parce que jamais j'aurais eu l'audace d'exiger ça d'elle. Jamais.

Quand une prestation est valable, il ne faut pas hésiter à le signaler. Cette femme allait très bien. L'action était huilée, sans incertitude, programmée comme par un ordinateur, infaillible comme le pape, avec une succession de ralentissements subtils, de précipitations impromptues, d'étirements lascifs, de torsions mignardes. Elle menait la danse. Je suivais. Elle y prenait aussi son plaisir. Elle râlait. Elle criait qu'elle n'était pas loin de jouir. Elle réclamait plus fort, plus profond, comme une femme mariée. Sa voix prenait par moments des intonations graves, un peu caverneuses, presque masculines. Puis elle remontait dans les aigus, s'énervait. Puis c'était un roucoulement harmonieux. Je n'étais pas maître de la situation. Elle contrôlait tout, son coup de rein et mon élan, m'excitant ou me retenant. On a joui ensemble, comme dans les romans. Elle s'est effondrée en me tendant les lèvres. Sa langue s'est enfouie jusqu'au fond de ma bouche, s'est mise à tourner, à me lécher l'intérieur des joues, le palais. Je songeais à ce que j'y avais expédié quelques instants plus tôt. Ce fut une pensée fugace. J'étais trop au bonheur de me servir d'une femme. Je succombais. Je lui ai même dit que je l'aimais, que j'étais bleu d'elle, que je ne pourrais plus me passer de son corps. Ce qu'on dit quand on perd la tête. Je lui ai demandé si elle avait une adresse en ville, un numéro de téléphone.

« Ce ne serait pas raisonnable, elle a dit.

— Je veux te revoir, j'ai dit. J'ai du pognon plein la table de nuit. Une fortune. Il y en a assez pour nous deux. Je suis basé sur l'idée de gauche. Donc, je partage. Je ne veux plus que tu ailles avec les autres hommes. Je veux te garder pour moi.

— Tu parles pas comme un riche, elle a dit. Les riches ne partagent pas. Apprends à être égoïste et garde ton argent pour toi.

— Je te veux, j'ai dit.

— Il te plaît, mon cul ? elle a dit.

— C'est mon chemin de Damas », j'ai dit, pour montrer que je pouvais dire des choses mysté-rieuses.

Elle tournait des idées dans sa tête. Une fois ou deux, elle m'a donné des coups de langue, très excitants.

« Je suis basée à l'Hôtel du Lion d'Or, elle a dit. Tu demanderas Marlène. Mais, si tu veux mon avis, Monsieur Jacques ne te laissera pas sortir. Je te déconseille aussi de lui dire que je t'ai révélé mon prénom. Il m'avait demandé de conserver l'anonymat.

— Merci du conseil, mais je suis assez grand pour savoir ce que j'ai à faire, j'ai dit juste avant de lui enliser d'autorité ma langue en balayant jusqu'aux dents de sagesse.

— Fais attention à toi, elle a dit, comme une femme qui tient à son homme.

— L'amour, ça ne se commande pas, j'ai dit parce que dans les moments solennels il faut prononcer des paroles universelles.

— Ici, c'est Monsieur Jacques qui commande, elle a dit. Il commande même à l'amour. C'est le maître. Tu ne me crois pas ?

— Y a toujours moyen de s'arranger », j'ai dit.

J'avais déjà une idée derrière la tête. On n'avait plus qu'un quart d'heure devant nous. Assez pour se dire chaudement au revoir. Je l'ai de nouveau sodomisée, debout, près de la porte. Elle se frappait le front contre le mur. Elle jouissait tellement que j'ai bien cru qu'elle allait me dire qu'elle m'aimait. Mais elle ne l'a pas dit.

Le Jacques, je l'ai remercié bien bas dès le lendemain matin, au petit déjeuner, sans tarder. Derrière la vitre de la cuisine, le jardin était plus ensoleillé que les autres jours.

« Ça vous a plu, alors ? il a dit.

— Trop, j'ai dit. Je crois que je suis amoureux.

— Ce n'était pas le but de l'opération, il a dit. Pensez à Karine, voyons.

— Karine, je ne veux même plus en entendre parler. C'est du petit, du fretin, à côté de ça ! Rien du tout ! J'ai jamais connu le plaisir avec elle.

— Vous me dites ça, j'en suis désolé, il a dit. J'étais décidé à entreprendre des démarches pour essayer de la convaincre de venir habiter avec vous, ici, dans cette maison.

— Il n'en est pas question ! J'ai découvert le grand amour ! Je suis devenu dingue ! J'ai le pognon ! Je veux profiter de la vie ! Vous savez ce que c'est vous, profiter de la vie ! Eh bien, moi, jusque hier je ne le savais pas. Voilà seulement que je commence à en profiter. Ne me coupez pas les ailes.

— Ce n'est qu'une prostituée, il a dit. N'allez pas l'idéaliser.

— Elle est à moi ! Je veux la revoir ! Faire ma vie avec elle ! Je ne tiens pas à laisser passer le bonheur ! »

Peut-être que je m'emballais. Je m'étais pourtant dit que j'irais doucement, en présentant les choses avec finesse. J'avais prévu de l'emberlificoter dans une dialectique émotive, romantique. En artiste, il aurait pu y être sensible. Mais là, je précipitais l'action. J'avançais à visage trop découvert. Je fonçais dans le tas. Je brûlais mes vaisseaux. Il m'écoutait, le con, avec patience, un sourire subtil sur les lèvres.

« Je ne sais pas si j'ai bien fait de vous présenter cette personne, il a dit. J'ai l'impression qu'elle a eu sur vous une influence que je n'avais pas envisagée. Je vous voyais comme un barroudeur, comme un homme qui se contrôle.

— J'ai un cœur, j'ai dit. C'est ça le problème. Dès que je l'ai vue, j'ai été comme ébloui. J'ai su que c'était elle. Je l'attends depuis ma puberté, c'est pas peu dire.

— Que comptez-vous faire ? il a dit.

— L'épouser, j'ai dit.

— L'épouser, il a dit. Comme vous y allez !

195

— Elle m'a positivement ensorcelé », j'ai dit.

Je crois qu'il ne pensait pas que du bien de ce que je lui disais. De la paume, il se caressait le veston à l'endroit que déformait le flingue. C'était peut-être un message subliminal.

« Il y a une chose, il a dit. Je ne sais pas ce que j'ai bien pu faire de mon téléphone portable. J'ai dû l'égarer quelque part dans la maison. Heureusement que j'en ai un autre. »

Les types à pognon, c'est ça. Il leur faut tout en double. Il a tiré son deuxième téléphone de sa poche et il a composé un numéro. Aussitôt, la porte du frigo a sonné. Il s'est levé. Pendant une seconde, il m'a tourné le dos. Mais j'avais oublié la corde artisanale dans la chambre. Regrets.

« Vous vous rendez compte, il a dit. Dans la porte du frigo ! Dans le compartiment du beurre ! Je ne me l'explique pas.

— C'est moi qui l'ai rangé là. Il traînait sur la table. J'ai ouvert le frigo machinalement. C'est là qu'on va le plus souvent dans une journée.

— Drôle de réflexe, il a dit sans s'étonner plus que ça.

— J'ai pas toujours ma tête, j'ai dit. Faut comprendre que ma situation me tracasse par instants. Je ne suis plus moi-même. Je perds pied. Je divague.

— Ne vous justifiez pas, il a dit grand seigneur, je ne vous reproche rien. »

Il ne me reprocherait rien jusqu'au moment où il verrait que j'avais téléphoné aux flics, aux pompiers, aux urgences de l'hôpital et à Karine. Il exigerait des éclaircissements, des détails. Je n'aurais que des explications foireuses à lui fournir. Des mensonges lamentables. J'ai essayé de préparer le terrain.

« Depuis que j'ai fait l'amour, j'ai beaucoup changé, j'ai dit. Avant, je n'avais pas une opinion très réaliste de vous. Je me disais qu'il fallait que je prenne la fuite. Que la vie deviendrait un enfer. Je craignais pour ma vie. Maintenant, ça va mieux. J'ai vraiment de l'estime pour vous. Et je me suis fait à mes nouvelles conditions de vie. Pour rien au monde je n'en changerais, soyez-en convaincu, Monsieur Cageot-Dinguet. »

Il a rempoché ses deux téléphones, sans vérifier la mémoire d'appels. Il m'accordait quelques heures de sursis. J'ai soupiré.

« Je dois passer à la mairie, il a dit. Je suis invité à une remise de médaille. Mais je serai revenu pour le repas de ce midi. Vous mettrez la table. Je ramènerai ce qu'il faut. N'oubliez pas le ménage, s'il vous plaît. Vous ne l'avez pas fait hier.

— Vous m'aviez enfermé, j'ai dit.

— J'ai eu tort, il a dit. J'ai eu tort. Quelquefois, j'ai des réactions un peu impulsives. »

Il était de bonne humeur. Il riait. Je le sentais primesautier. J'ai pris la boîte qui contenait les chiffons, les éponges et les produits. Lui il est parti de son côté. J'ai commencé par astiquer les buffets. Une nouvelle idée germait dans mon cerveau. La corde, c'était pas l'idéal. Le con ne se retournait pas souvent. Il ne se laisserait pas attaquer en traître. Cet homme-là, c'est de face qu'il fallait le prendre. En le fixant dans les yeux. Avec franchise. Qu'il se sente en confiance. Et assener le coup. Avec la rapidité de l'éclair qui fond sur sa cible. Kraourche ! Pulvérisé ! Je suis redescendu à la cave. La pelle et la pioche avaient disparu. Dommage. Je me suis mis à quatre pattes et j'ai fouillé le sol. J'ai déterré le cadavre que j'avais traité la première nuit. Il était encore en bon état, mais il puait. Je l'ai traîné au fond, le plus loin possible de mes narines. Puis, je me suis remis à creuser. C'était dur. Un cauchemar. Je ne sais pas combien de temps il m'a fallu pour extraire le deuxième cadavre. Il était déjà bien pourri, celui-là. J'ai essayé de déchirer les chairs noircies. Mais il tenait encore sa partie, le verrat ! Il résistait. Il a rejoint le premier, au fond.

C'est au troisième cadavre que j'ai vu le bout de ma peine et l'espoir s'allumer dans cette ambiance macabre. Il n'avait plus que la peau sur les os. J'ai pâti de ne pas avoir les ongles plus longs. J'ai dû m'y prendre en plusieurs fois. Mais la peau a cédé. J'ai saisi le fémur et je l'ai remué dans tous les sens et sans ménagements. Il s'est déboîté du bassin. J'ai calé mon pied sur le bas de la jambe, et exerçant des tractions et des torsions j'ai réussi à détacher l'os de l'articulation. Les ligaments sont venus avec. C'était sale. Répugnant, même. À vomir. Mais la liberté — à laquelle il fallait ajouter l'amour que j'éprouvais pour Marlène, superbe motivation — n'est pas pour les nauséeux. La vie est faite pour les estomacs solides. Pour les caractères trempés. Pour les costauds. De toutes mes forces, j'ai frappé le fémur contre l'arête d'une marche. À la douzième tentative, il s'est brisé, juste comme je le souhaitais, taillé en forme de biseau. Plus redoutable qu'une dague. Une arme de combat, terrible.

Je n'ai pas eu le temps de rendre un semblant de décence à la sépulture. J'ai laissé traîner les morts dans le paysage. Ça m'embêtait, car il faut être respectueux de ces choses-là. Mais j'entendais la bagnole du con. La porte du garage. Je suis remonté à toute vitesse. L'os calé dans la manche de ma veste, côté droit. Je me suis lavé les mains. J'ai remis de l'ordre dans ma tenue. Le con entrait. Il était toujours de bonne humeur. Il a avancé la bouffe sur la table, en la centrant avec une maniaquerie d'un autre temps.

« Je ne suis pas en retard ? » il a dit.

Non, non, il n'était pas en retard. Il a fait le tour de la table, s'est gratté le haut du crâne. Il me considérait d'un œil sévère.

« Vous avez des problèmes intestinaux ? il a dit.

— Pas du tout, j'ai dit.

— Vous allez bien à la selle ? il a dit.

— Comme un évêque ! j'ai dit.

— Parce que si le régime alimentaire ne vous convient pas, nous pouvons le modifier. Ne vous gênez pas pour me le dire.

— Tout va bien, j'ai dit. Pourquoi me parlez-vous de ça ?

— J'ai l'impression que vous avez fait un gaz.

— Moi ? Je vous jure que non !

— Excusez-moi, mais ça sent la charogne dans cette cuisine. Comme nous sommes que nous deux et que je suis sûr de moi, je m'inquiète de votre santé. C'est légitime.

— Je ne sens rien », j'ai dit en reniflant.

Il doutait. Il s'est assis tout en frissonnant de la narine. Suspicieux tout d'un coup. Il jetait des regards tout autour de lui. En haut, en bas, sur les côtés. Plissait les yeux. Reniflait encore.

« Je vous assure qu'il y a une drôle d'odeur ici, il a dit. Je n'ai pourtant pas marché dedans. »

Il s'est penché sur le côté pour visionner les semelles de ses chaussures. Quand il s'est relevé, il n'a pas eu le temps de me voir lui planter le pointu de l'os dans l'épaule. J'avais visé le cœur. Mais dans la panique, j'ai laissé faire le hasard. Il a gueulé comme un malade en s'ébrouant pour se libérer. Je le tenais à la merci. Aussi sec, je lui ai bourré la gueule à coups de poing et j'ai plongé ma main sous sa veste. Une fois récupéré le flingue, je me suis senti un autre homme.

« M'obligez pas à faire usage de mon arme », j'ai dit.

La formule me plaisait. Elle sonne sérieux et réfléchi. Il couinait qu'il avait mal. Il ne s'était pas encore rendu compte que je l'avais planté à l'aide d'un fémur bricolé. Je me disais qu'il risquait sacrément l'infection. Qu'est-ce qu'on attrape avec de l'os qui pourrit ? La peste ? Le choléra ? Des maladies qui font gonfler les tissus en les gorgeant de pus. J'aurais pas aimé être à sa place.

« Qu'est-ce que vous voulez ? il a dit.

— Rendez-vous ! Il ne vous sera fait aucun mal », j'ai dit.

C'était encore une formule qui me plaisait. On l'entend souvent à la télé. Elle me bouleverse toujours. C'est une formule de vainqueur. De type qui a des atouts en main.

« Me rendre ? Me rendre ? il a dit. Qu'est-ce que c'est que cette histoire ?

— Vous vous rendez ou vous ne vous rendez pas ? j'ai dit.

— On peut discuter, il a dit en soupirant. Vous me connaissez, je ne suis pas un mauvais homme.

— N'essayez pas de noyer le poisson, j'ai dit. Si vous ne vous rendez pas, je donne l'ordre de l'assaut final. Je ne discute pas, moi. »

Il ne paradait plus maintenant. Je lui ai déconseillé d'ôter l'os, ça risquait de provoquer une hémorragie.

« Vous aurez tout l'argent que vous voulez, il a dit.

— J'ai ce qu'il me faut, j'ai dit. Je serais pas plus heureux si j'en avais plus. Le principal, c'est que je puisse satisfaire à l'entretien de Marlène.

— Marlène ? il a dit.

— Ne faites pas l'innocent, j'ai dit. Vous lui aviez interdit de me dire son nom. Elle ne vous a pas obéi. C'est un signe, ça, non ?

— La salope ! il a dit.

— Que voulez-vous ? Une fois de plus, l'amour est le plus fort. »

Il était raccourci. Il ne disait plus rien. En fait, je ne voulais pas lui faire du mal. Le sadisme, c'est pas trop dans mes penchants. Le sentiment fait partie de mon standing moral. J'avais le pognon, mais je restais sur mon idée basée sur la gauche.

« Ce qu'on va faire, j'ai dit, c'est d'abord que je vais vous enfermer dans ma chambre. Vous y serez bien, puisque j'y étais bien. Je prendrai mon pognon. Vous me l'avez donné, il est à moi. Je ne vole personne. D'accord ?

— Pour l'argent, prenez ce que vous voulez, il a dit. Mais laissez-moi libre de mes mouvements.

— Vous m'avez laissé libre de mes mouvements, moi ? j'ai dit. J'ai même été enchaîné toute une journée sur le fauteuil. Votre mère m'a vu. Vous croyez peut-être que ma dignité n'en a pas pris un coup ce jour-là ?

— Je ne voudrais pas être enfermé, c'est tout, il a dit. Vous n'avez pas été maltraité dans cette maison. Vous l'avez dit vous-même.

— Il ne faut jamais croire ce que dit quelqu'un qu'on retient prisonnier », j'ai dit.

Cette dernière parole était forte. Elle aurait pu être de quelqu'un. Philosophe ou prix Nobel. Il avait fallu attendre qu'elle soit de moi. Je me suis promis de la travailler pour la mouler dans le rythme de l'alexandrin. Les vérités définitives ne rendent tout leur jus qu'avec l'alexandrin. Je me suis senti invincible.

Ce n'était pas le moment de sacrifier à mes passions artistiques. J'ai pointé le flingue dans la direction de l'escalier. Le con, il a compris. Il s'est levé en gémissant. Ses jambes ne le soutenaient plus. Mais je ne lui ai pas porté assistance. Avec ces gens-là, on ne sait jamais si leur faiblesse n'est pas une sournoiserie pour essayer de reprendre le dessus. Je me suis tenu à distance. En fait, je lui faisais ce qu'il m'avait fait. Il est passé devant moi. Il a traversé la pièce. Il a eu un regard navré vers les tableaux.

« Vous n'allez pas me livrer à la police ? il a dit.

— Vous verrez bien, j'ai dit.

— Ne mêlez pas la police à nos affaires personnelles, je vous en prie, il a dit.

— Je veux bien ne pas leur parler des cadavres, j'ai dit. S'ils trouvent, tant pis. Mais pourquoi les trouveraient-ils ? Je vais seulement porter plainte pour séquestration arbitraire. Vous voyez que je suis rempli de bonnes intentions.

— J'achète votre silence », il a dit en poussant la porte de la chambre.

Le con ! Vraiment ! Il était le seul sur la terre à croire qu'un homme basé sur l'idée de gauche pouvait se laisser corrompre. Acheter mon silence ! À qui croyait-il avoir affaire ? À un centriste ? À un conservateur ? À un stalinien ?

« On ne m'achète pas, moi, monsieur Cageot-Dinguet, j'ai dit en y mettant un mélange de prestance et d'offuscation.

— Je me suis mal exprimé, il a dit. Je voulais juste vous dédommager des désagréments que je vous ai sans nul doute occasionnés. La somme serait à la hauteur du préjudice subi, qu'il soit moral, physique, intellectuel. Ou éthylique, puisque vous m'avez honoré de certaines confidences à propos de votre état de dépendance aux boissons alcoolisées. J'ignorais que je vous infligeais une telle souffrance. Pardonnez-moi.

— Je ne vous réclamais qu'une ou deux canettes. De l'ordinaire ! Ça ne vous coûtait rien. En l'occurrence, vous vous êtes comporté avec la plus terrible inhumanité.

— J'aurais dû accéder à votre requête. J'éprouve les pires regrets, croyez-moi.

— Il est bien temps », j'ai dit.

Il flottait en pleine repentance. Si je n'avais pas une haute idée de l'humanité, je l'aurais fait mettre à genoux, le front bas, les mains jointes, et me supplier avec les mots de la plus extrême subordination. J'ai ramassé le pognon. Ça m'a fait battre le cœur, de voir la fin de mes ennuis. Un sentiment d'orgueil. J'étais sûr de moi et de mon bon droit. Dans ma vie, je n'avais encore jamais eu la chance d'être le meilleur. Je ramenais ma gueule de temps en temps, mais ça n'impressionnait personne. Dans les bistrots, la gloire va au mec qui paie la tournée. J'ai quasiment jamais eu les moyens.

« Vous vous allongez sur le lit, j'ai dit. Mais avant, vous me donnez votre veste. Et vite, parce que je sens que je perds la maîtrise de mes gestes. »

Il a fait comme je disais. Sans protester. Je voyais que ça lui allait loin. J'ai fait les poches de la veste. J'ai trouvé les clefs de la maison. Comme je suis honnête je lui ai restitué le vêtement. Je ne pouvais pas faire mieux.

« Vous avez la télé, j'ai dit. Je vous laisse avec votre maman. »

Je ne cherchais pas à ironiser. Mais le con, il s'est mis à pleurer. Deux larmes sur les joues. Comme un gamin.

« Quand maman va savoir, elle ne survivra pas, il a dit. Déjà que je ne la trouve pas très bien depuis quelque temps.

— Vous trouverez une explication, j'ai dit. Vous êtes malin. »

Il chougnait en appelant sa mère. Maman, maman, maman. La scène était déchirante, je ne dis pas. L'homme qui pleure a quelque chose d'un enfant. Il agite ses petites mains, il tord sa petite bouche, il appelle de sa petite voix très triste, très malheureuse, maman, maman, maman. J'en avais un nœud à l'estomac. J'aurais bien aimé alléger sa peine et son angoisse. Mais comme bien souvent dans la vie, c'était lui ou moi. Je lui ai dit au revoir gentiment. C'est tout ce que je pouvais faire. J'ai refermé la porte. À clef. À double tour. Et j'ai vérifié qu'elle était bien fermée. Puis j'ai descendu les escaliers, j'ai manœuvré les portes qu'il fallait manœuvrer et j'ai retrouvé l'air de la rue. C'est seulement à cet instant que j'ai respiré bien à fond. En fermant les yeux. Et j'ai prononcé le nom de Marlène. Il y avait longtemps que je ne m'étais pas senti aussi bien. Dans le sac plastique, le pognon pesait son poids. Il allait me rendre la vie légère.

Les flics ne voulaient pas me croire. Surtout quand je les ai traités de salauds. Je leur en voulais de ne pas m'avoir pris au sérieux au téléphone. Ils m'ont assuré n'avoir jamais reçu la moindre communication. Ils se sont même renseignés auprès du flic de permanence. Je gueulais, sûr de ma supériorité, comme un mec qui tient un sac de pognon dans sa main. J'ai expliqué dix fois. En entrant dans les finesses.

Le nom de Jacques Cageot-Dinguet leur disait quelque chose, mais pas grand-chose. Ils bouffaient de l'air. Roulaient des yeux en billes de sifflets. Mordaient du stylo. La France est mal défendue. Je l'ai dit. Ils ont menacé de me flanquer en cellule de dégrisement. J'ai repris l'histoire depuis le début. Ça n'en finissait pas. À chaque fois que j'arrivais à l'épisode du fémur, ils rigolaient. Ils n'avaient jamais vu ça. Ils répétaient que c'était incroyable.

« Et vous l'avez pris où, ce fémur ? » ils m'ont demandé.

Je ne voulais pas qu'il soit question des cadavres. Mais j'ai été obligé d'avouer. La cave. Tous ces types dans la terre. Ce que j'avais fait. À la réflexion, je n'aurais pas été malin de le cacher. En arrêtant le con, ils auraient constaté qu'il avait un fémur planté dans l'épaule. Ils se seraient demandé comment il était venu là et d'où il venait.

Ils ont quand même décidé d'aller y faire un tour. Ils m'ont poussé dans la camionnette. Je les ai priés de respecter ma qualité de témoin n° 1. Ça les a encore fait marrer. Ils me voyaient déjà en cabane pour atteinte à la dignité des forces de l'ordre. Je n'avais pas caché non plus mon passé judiciaire. Ils me connaissaient, en gros. Il y en avait un qui se souvenait même de m'avoir arrêté en état d'ivresse publique et manifeste. Il disait : « publique et manifeste », parce que ça donnait de l'importance à ce qu'il disait. Ils ne me prenaient pas au sérieux.

« Vous allez nous montrer tout ça, ils ont grogné.

— Vous verrez, vous verrez », j'ai répondu sur le même ton.

Ils continuaient à m'observer comme un ivrogne, un type dont on met la parole en doute, alors que j'avais les moyens de les racheter tous, avec leurs familles, leurs maisons, le quartier qu'ils habitaient. Ils ne se rendaient pas compte qu'ils avaient affaire à un genre de héros. Un individu hors norme. Bourré de pognon.

De jour, la baraque du con n'était pas aussi imposante que je l'avais cru en y entrant pendant la nuit. C'était une bâtisse assez moyenne entourée d'un jardin sur trois côtés, et dont la porte d'entrée donnait directement sur la rue. Les flics ont voulu me laisser en arrière.

« Y a pas de danger, j'ai dit. Il est enfermé à l'étage. Je connais le chemin. Je vous guide. Pas besoin de défoncer la porte. »

J'ai agité le trousseau de clefs sous leur nez. Ils se demandaient quoi. S'ils fallaient me prendre au sérieux. Si je ne les attirais pas dans un traquenard. Croyant bien faire, j'ai voulu les rassurer.

« J'aime pas les flics, j'ai dit, mais je les respecte. Je suis un patriote. »

Ils m'ont enjoint de fermer ma gueule. Ça ne m'a pas plu, mais j'ai encaissé. Les flics, il ne faut jamais en dire du bien. Ils n'ont aucune reconnaissance. C'est de la brute en képi. Du barbare en uniforme. Au fond de moi, j'aime pas et je ne respecte pas. J'ai senti que j'étais de moins en moins patriote.

« Où ? » il a fait le chef en me signalant d'un coup de menton qu'il s'adressait à moi.

On a monté dans un vacarme de croquenots. Mais sans courir. Je leur disais qu'on avait le temps. La porte de la chambre était fermée, comme je l'avais laissée. Bien. J'ai ouvert et je me suis effacé. Ils se sont rués là-dedans comme des butors. Ils poussaient des cris de sauvages. Ce fut beaucoup de bruit pour rien. Le con avait disparu.

« C'est qu'il est sans doute très fort », j'ai bredouillé.

Le parquet tanguait comme le pont d'un bateau. J'ai vérifié moi-même. La télévision était allumée. C'était un enregistrement du téléachat où le con vantait un coffret à maquillage.

« C'est lui ! C'est lui ! j'ai crié, en pointant le doigt vers l'écran.

— Qui ça, lui ? a demandé le flic.

— Jacques Cageot-Dinguet ! En personne ! Son nom est marqué en bas de l'écran ! Regardez ! »

Un des flics a envoyé un message dans son gros téléphone démodé. Il voulait des renforts. Son collègue appelait dans le couloir du bas. Il avait découvert les cadavres dans la cave. Il était comme fou. Il frappait des coups de pied dans les murs. L'autre a retéléphoné. Plus personne ne savait quoi faire. Je les ai suivis, mais ils m'ont interdit de descendre à la cave. Ils m'ont fichu dehors.

« Vous restez à la disposition de la police ! »

J'ai dit que j'avais autre chose à faire, des gens à voir en ville. Je me suis adossé à la camionnette et j'ai soupiré. De l'autre côté de la rue, le bossu continuait son manège. Il démontait un vieux vélo et en jetait les pièces dans des bidons. De temps en temps, il glissait un coup d'œil en douce vers la camionnette. Je me suis approché de la barrière défoncée.

« Vous auriez pas vu votre voisin ? j'ai demandé.

— Qu'est-ce que vous lui voulez ? il a dit, en dégageant bien ses chicots.

— Moi, rien. Mais les flics aimeraient bien lui poser des questions.

— Qu'est-ce qu'il a fait ? il a dit.

— Au juste, j'en sais rien. Ils ont trouvé des cadavres dans la cave de sa maison.

— Ça ne m'étonne pas, il a dit.

— Comment ça ? je me suis étonné.

— Je vous ai vu entrer, il y a quelque temps, il a dit. C'était la nuit. Je pourrais vous donner la date. Je désossais un vélo Solex. Ça faisait au moins trois ans que je n'avais pas eu un vélo Solex. Le moteur était encore bon. Vous n'étiez pas le premier que je voyais entrer. Mais les autres, je les ai jamais vus ressortir. Je me doutais qu'il se passait quelque chose.

— Et ce matin, vous ne l'avez pas vu, votre voisin ? j'ai insisté.

— Y a quoi, une demi-heure, il était là, juste devant chez lui. Je l'ai vu.

— C'était bien M. Jacques Cageot-Dinguet ?

— Je le connais bien, il a dit. Je le voyais tous les jours. Ce matin, une voiture est venue le prendre.

— Quoi comme voiture ? j'ai demandé.

— Un taxi.

— Un taxi ?

— Un taxi tout ce qu'il y avait de plus taxi. Une grosse voiture. Blanche. Il est reparti en ville. Il avait des valises. »

Il s'est excusé. Il avait du lait sur le gaz. Ou autre chose. Je n'ai pas très bien entendu. Les flics mettaient le gyrophare en marche. Je me suis demandé pourquoi. Au bout de la rue les renforts arrivaient. En vingt minutes, le flic grouillait partout. J'ai essayé de leur répéter ce que le bossu m'avait confié, mais ils étaient occupés ailleurs et me repoussaient en répétant : Plus tard, plus tard. J'ai entendu qu'il y avait au moins vingt cadavres. J'avoue que le chiffre m'a impressionné. Je me suis laissé descendre la rue en roue libre, mine de rien. En bas, j'ai croisé le reporter du journal local, un obèse délicat qui carburait à la bière de qualité. L'histoire allait faire du boucan. J'avais l'idée de m'éloigner aussi vite que possible de ce cloaque. Prendre le premier train pour des pays plus civilisés. Mais d'abord récupérer Marlène. La sauver du ruisseau, c'était la mission que je m'étais assignée.

Au Lion d'Or, le réceptionniste ne connaissait aucune Marlène.

« Une dame qui vend ses charmes », j'ai expliqué, tout en la décrivant physiquement et vestimentairement.

Elle n'avait pas pu me raconter des salades. Je suis fin psychologue. Je sais quand une femme me bourre les poches. Le con avait confirmé l'existence de Marlène. Il l'avait même qualifiée de salope, ce qui avait été loin de m'enchanter. Le réceptionniste m'a affirmé que l'établissement ne recevait pas ce genre de clientèle.

« Mais elle ne fait pas mauvais genre ! je me suis écrié. Elle a de la classe. On dirait plutôt une bourgeoise. Une femme du monde. Elle est juste un peu plus maquillée qu'il le faudrait. Mais c'est le métier qui l'exige. Faites un effort ! Elle s'appelle ou se fait appeler Marlène ! »

Il ne voulait rien entendre. Il m'a demandé de m'en aller tranquillement. De ne pas faire d'esclandre.

« Sinon, j'appelle la police, il a prévenu.

— J'en sors, de la police ! je me suis permis de brailler. J'en sors ! Je suis son témoin n° 1 ! »

Pendant des heures, j'ai traîné autour de la gare. Surveillé les trains qui partaient, les salles d'attente, les files au guichet. Puis, je sortais, et

214

je faisais le tour du quartier, jusqu'au Lion d'Or, chaque rue, examinant chaque fille, chaque porte cochère. Mais il n'y avait que des moches. Des filles que la lumière du jour défonçait. Elles me proposaient des saloperies. Toujours les mêmes. La pipe. Avec les dents, j'ai pensé. Et ça m'a effrayé. Tout en me rappelant des bons souvenirs. J'en ai accosté une qui avait un passé. La cinquantaine énorme. Elle devait avoir trente ans d'habitudes dans cette rue. J'ai parlé de Marlène, de sa spécialité. La grosse m'a ri au nez. Elle m'a toisé de haut en bas :

« Je suis sûr que t'es même pas de la police ! »

J'étais trop bien sapé, avec les fringues de Jacques Cageot-Dinguet. Je ne faisais déjà plus tellement populaire. Je me suis vu dans la vitrine d'un tailleur. Je ne jurais pas dans l'ensemble. Je me suis plu. Le pantalon avait un peu trinqué dans les travaux de terrassement, mais le haut s'était maintenu. J'ai serré plus fort contre moi mon sac de billets. Je suis revenu à la gare. J'avais furieusement envie de m'en aller. Pas sans Marlène. Mon idée, c'était de repérer peut-être le con. Il chercherait à quitter la ville. À mon avis, il était passé à l'hôtel où vivait sa mère, lui avait déposé une lettre. Je ne le voyais pas lui téléphoner et lui gâcher son séjour à Venise en lui apprenant la mauvaise nouvelle de cette façon. Il y était très attaché. Je respecte la prévenance filiale. Le con était peut-être un affreux criminel, mais c'était un bon fils. On ne peut pas être mauvais partout. Si je le voyais dans la foule, je l'attraperais par le bras. Lui, il savait où trouver Marlène. Ce serait donnant, donnant. Sa liberté et mon silence contre le renseignement.

Peut-être qu'il était parti avec elle. Ils avaient l'air liés assez solidement tous les deux. Quand je lui avais appris qu'elle m'avait confié son nom, il avait eu une réaction de dépit et d'amertume. Il l'aimait sans doute. Il voulait bien me la prêter, mais il ne voulait pas qu'il y ait entre nous autre chose que du sexe. C'est souvent comme ça chez les gens qui ont fait de la télévision, chez les artistes, les mecs à pognon, les blasés. Je te passe ma femme, je vous regarde faire, c'est ma tournée, ne vous gênez pas pour moi. Le mari qui a les moyens s'offre ainsi un boy, un mercenaire. C'est dans les mœurs. Mais alors, il ne faut pas de sentiments. Que du travail musculaire, du piston, de la raclette, le coup devant derrière, mais pas de paroles qui engagent, pas de cachotteries affectueuses, la mécanique, point final.

Les flics me sont tombés dessus dans le milieu de l'après-midi. J'ai été interpellé salement, devant tout le monde. Je n'ai pas élevé la voix.

Je me suis mis dans leur sillage. Ils me conduisaient chez eux.

J'ai été interrogé en long et en large. Ils avaient compté trente cadavres. Le chef me considérait finalement avec une certaine admiration. Ils avaient perdu la trace de Cageot-Dinguet. Je leur ai indiqué l'adresse de sa mère, en précisant qu'elle ne rentrerait de Venise que dans trois ou quatre jours. Pas un mot sur Marlène. S'il me restait une chance de la retrouver, je ne voulais pas la compromettre. Par contre, j'ai dit tout ce que je savais à propos d'Odette, sa fiancée, sa régulière, presque sa femme. Ils notaient comme des malades. Envoyaient des hommes vérifier immédiatement. Tiraient des plans comme dans les téléfilms. D'ailleurs, aussi minables. Moi j'aurais gardé mon calme. J'aurais procédé méthodiquement. D'abord le bossu.

« Quoi ? Quel bossu ? s'est étonné le chef.

— J'en ai parlé aux flics ce matin. Mais ils étaient énervés. C'était le branle-bas de combat, faut dire !

— Qu'est-ce que c'est que cette histoire de bossu ?

— Le voisin d'en face, j'ai dit. Un vieux, tout bossu. Il démonte de la ferraille. Il récupère surtout des deux-roues, des poussettes d'enfants, des trottinettes. Il m'a dit qu'il avait vu M. Cageot-Dinguet s'en aller en taxi. Un gros taxi blanc. Il portait des valises. Est-ce qu'on peut en déduire qu'il partait en voyage ? Moi je n'en sais rien, je ne suis pas policier. »

Il a expédié trois flics à la station de taxi de la gare. Il y avait du monde dans cette enquête. Le gouvernement avait augmenté les effectifs et les salaires. On remuait les croquenots pour remercier. Mais ce n'était pas tellement efficace, à première vue. Il n'en sortait que du jus d'incertitude. Puis, ils m'ont rendu ma liberté, sans me remercier.

Dehors, les journalistes m'attendaient. Photos, micro, déclaration à la radio locale. La télévision régionale s'était annoncée par l'intermédiaire d'un stagiaire mal rasé, en blouson de cuir, et qui se plaignait :

« Dès qu'il y a un gros coup, ils envoient des gens de chez eux. Ils nous prennent pour des sous-hommes. »

Je ne l'ai pas consolé, parce qu'il était mal rasé. Je n'aime pas les journalistes de province qui se donnent l'air en se négligeant de la barbe, pour faire croire qu'ils reviennent d'un reportage au Moyen-Orient, alors qu'ils ne sont guère capables que de couvrir l'emboîtage des camemberts au lait cru dans une usine de la banlieue.

« Bien fait pour vous, j'ai dit pour lui montrer qui c'était la vedette du jour. De toute façon, j'aurais pas répondu aux questions d'un type aussi mal rasé. C'est un manque de respect pour le client, ça. »

Pas à dire, je devenais sentencieux. Je sentais que j'avais des choses à dire, une histoire à raconter, un jugement à porter. Je ne me suis pas gêné pour parler de morale, d'éthique, de fracture sociale. J'ai voulu me lancer dans la bête immonde dont le ventre est encore fécond, mais je ne me souvenais plus comment la phrase se tournait. C'était du Victor Hugo ou consort, ça se cite à la virgule. Je ne voulais pas passer pour un inculte. Les autres m'ont posé des questions idiotes. J'ai dit que les flics m'avaient recommandé le silence, le temps de l'enquête. Et je me suis enfui, comme les stars assaillies par leurs fans. En plus petit, évidemment, parce qu'ils n'y avaient que trois représentants de la presse. Mais ils couraient vite. Moi encore plus, les flashes ne m'ont pas rattrapé. Une voiture a stoppé à ma hauteur. C'était le reporter obèse. La vitre baissée.

« Vous montez ? il a proposé en me montrant quelque chose sur la banquette.

— D'accord, j'ai dit.

— Servez-vous », il a mâchonné quand j'ai été assis à côté de lui.

Le décapsuleur pendait au bout d'une ficelle accrochée au tableau de bord. Je me suis servi, comme il me le demandait. Il y avait de quoi

saouler un éléphant. Pas de l'urine de bonne
sœur. De la vraie bière de luxe, estampillée bras-
seur depuis trois siècles. Ma préférée devant la
télé. La première gorgée m'a fait exploser de
bonheur. Depuis le temps que j'en étais privé !

« C'est bon ? » il a demandé.

La question n'appelait pas d'autre réponse
que le décapsulage d'une deuxième canette. Cinq,
je m'en suis enfilé comme ça. Cinq canettes, cinq
gorgées. J'avais beau être devenu un autre
homme, je restais fidèle à mon passé.

« Alors ? il a gémi. Qu'est-ce qu'on fait ?
Qu'est-ce qu'on raconte ?

— J'ai pas le droit de parler, j'ai protesté.

— On est de la même ville et du même vice.
On habite au même endroit et on boit le même
produit. Vous ne pouvez pas me laisser dans
l'ignorance. Je ne fais que mon travail. »

Il me faisait pitié, le gros. Il avait raison. Être
obèse, et si on n'est pas trop con, c'est aussi
pénible que d'être pauvre. Il y a une solidarité
de la misère.

« Je veux bien vous présenter au bossu, j'ai
dit. C'est le voisin de Cageot-Dinguet.

— Le ferrailleur ?

— Oui, j'ai dit.

— J'ai fait un petit reportage sur lui, il y a
trois ans, pendant les vacances. Je le connais un

peu. En tout cas, je me souviens de lui. Qu'est-ce qu'il aurait à me dire ?

— Rien de terrible. Mais c'est la dernière personne à avoir vu l'assassin. »

La bière était fameuse. J'ai recogné deux goulots avant que la voiture de l'obèse se range le long du trottoir, devant le jardin du bossu.

On a appelé. Il n'a pas répondu. L'obèse reniflait l'odeur de terre et d'huile. Il a pris quelques photos, pour ne pas rentrer au journal complètement bredouille. Je frappais au carreau de la turne. Pas de bossu. On a fait le tour de la baraque. C'est juste au coin qu'on a découvert les fringues du ferrailleur. Il ne manquait pas un fil. Il les avait soigneusement arrangées sur la bosse en mousse. Là-dessus, bien en évidence, le dentier, avec la collection de chicots au complet. C'est là que j'ai réalisé que dans la vie il y a beaucoup de choses qui se passent de commentaires.

L'heure qui a suivi a été riche en révélations et en surprises. Les fouilles se poursuivaient dans la cave. La maison était encore pleine de flics. Mais l'ambiance était moins électrique. Ils attendaient tous la télé. Ils défilaient dans la salle de bains. Les flics aiment bien se refaire une beauté. Question d'image. On leur a dit qu'ils n'étaient pas aussi à l'aise devant les caméras que leurs collègues américains, qu'ils avaient l'air de fonctionnaires à mégot, à pantoufles puantes. Ils remédiaient à cette médiocre réputation, avec les moyens du bord. Ils avaient maintenant tous la même odeur de savonnette que Jacques Cageot-Dinguet. Les hommes du rang, eux, sentaient le cadavre. Ils ne passeraient pas au journal télévisé. Ils pouvaient se dégueulasser comme des soutiers.

Le chef qui m'avait déjà interrogé deux fois me fit signe de le suivre. Il était assez déférent avec moi, je dois le dire. J'ai vu qu'il s'était orné le col d'un nœud papillon.

« La présentation, que voulez-vous ? La France va nous voir. Il s'agit d'offrir une image gratifiante de notre département. »

Je l'ai félicité. Je lui ai assuré qu'il était mieux que ce matin. Il avait aussi changé de veste. Il avait mis ce que sa femme avait trouvé de plus neuf dans l'armoire.

« Une grosse affaire ! il m'a expliqué sans un poil d'humour. Vous l'avez échappé belle. Il nous a filé entre les doigts, mais toute la lumière sera faite. »

À mon avis, il rêvait tout haut. Le con avait paré à toute éventualité. C'était un con qui connaissait son métier. Je n'ai pas exprimé mon opinion. Parfois, ça vaut mieux.

« Ce qui est vrai, c'est que Jacques Cageot-Dinguet est bien le fils de la speakerine et de l'industriel. Sa mère a été virée de la télé. Elle a voulu tenter une carrière au cinéma, comme actrice, puis comme productrice. Avec l'argent des poêles Dinguet. Échec sur toute la ligne. Par la suite, elle a voulu pousser son fils sur les plateaux de télévision. Mais elle avait laissé un souvenir tellement détestable que le fils a payé pour la mère. Une fieffée salope, entre nous. Il a tout de même réussi à se faire embaucher dans une émission de vente. Il avait pris ça en attendant mieux.

— Je l'ai vu dans ses œuvres, j'ai dit. Pour

fourguer une balayette à chiotte, il faisait une tragédie shakespearienne. Il vendait en poète. C'était un artiste.

— Je ne dis pas. Il courait probablement derrière la célébrité. Il n'a pas eu de chance. »

Il m'a poussé dans les appartements du Jacques, gentiment, presque avec des ménagements, des manières de père. Il savait que j'allais bientôt me répandre dans les médias. Il avait envie que je dise que j'avais été bien traité, avec les honneurs dus à mon grade et tout.

« Il a tout raté, il a continué. Sauf ses crimes. »

Le con ne m'avait pas tout dit. J'aurais dû me douter qu'il était un peu chafouin. Et même franchement dissimulateur. Il ne s'était pas vanté que le vieux Dinguet avait étranglé la speakerine. Elle lui avait bouffé bien des choses auxquelles il tenait, mais quand elle lui a eu bouffé l'usine, il s'est mis à réfléchir. Il a mal pris la vérité. Toutes ces histoires de cinéma, de promotion étaient venues à bout d'un patrimoine que les Dinguet avaient mis trois générations à constituer.

« C'est ce qu'on dit ici, j'ai voulu dire pour ramener ma science. La première génération crée l'entreprise. La deuxième la développe. La troisième la bouffe. »

Il a souri, parce que c'était vrai ce que je disais. Puis il m'a dit que le vieux Dinguet s'était visé une balle dans la bouche. L'affaire avait fait moins de bruit que la détonation, à l'époque. En province, on ne touche pas à la réputation des vieilles familles. Tout le monde est d'accord là-dessus.

Il m'a montré ce que j'aurais peut-être préféré ignorer. Des faux papiers. Fausses cartes d'identité, faux passeports, faux bulletins de naissance, faux diplômes, faux permis de conduire, faux permis de chasse. Faux bijoux. Faux nez. Faux cheveux. Fausses dents. Faux yeux. Fausses cicatrices. Fausses barbes. Tout cela était très rangé, sur des étagères, dans des tiroirs, étiquetés, avec des cahiers où étaient répertoriés les différents personnages et les accessoires qui allaient avec. Il prenait la peine de dessiner tout cela, de remplir les dessins avec des crayons de couleurs, d'annoter, de dater, de consigner des observations, des remarques techniques, des impressions.

Une incroyable série de mannequins portaient les tenues, les costumes, les perruques. J'ai reconnu sa mère. Je n'ai pas osé en déduire qu'elle n'était peut-être pas à Venise. Pourtant, c'était elle. Plus loin, il y avait l'électricien. Sa moustache était épinglée sur un revers de sa veste.

« Il était génial, admettait le flic. En tant que flic, je critique. Mais comme spectateur, je dis chapeau ! »

Sa voix n'était pas aussi enthousiaste que ses paroles. Il commençait à être anxieux, à cause de la télé. Il avait tellement envie de faire bonne impression qu'il se minait la santé. Je le voyais bien. Je sens ces choses-là.

« Toute la lumière sera faite ! » il a déclaré, non sans fermeté.

Ça sonnait un peu comme : « Que le spectacle commence ! » ou comme : « Les feux de la rampe ! » Il ne savait plus où il en était. Je crois qu'il pensait à sa femme et à ses enfants qui faisaient chauffer le poste de télé depuis le début de l'après-midi, qu'il soit bien au point, bien chaud, sans défaillance, à l'heure du journal du soir.

« C'est en direct ? j'ai demandé.

— Je le crains, il a murmuré. Pas question de recommencer. Il faut que je sois bon tout de suite. »

Le pire était à venir. Je me suis rétréci, comme l'escargot dans sa coquille. Devant le mannequin d'Odette, sa fiancée. Et surtout devant celui de Marlène. Elle était là. Sans la tête. Mais il y avait les cheveux. Les formes. Je ne me rendais pas compte de ce que cela signifiait. Je ne voulais pas le croire. Je voulais rester encore un peu dans mon rêve. J'ai repensé à la gare, à l'Hôtel du Lion d'Or, aux filles dans la rue. Je me disais qu'il était encore temps de partir, pour une destination quelconque, mais opulente, une grande ville par exemple. Au bord de la mer. Je nous voyais au bord de la mer. C'est bien, ça, le bord de la mer, quand on s'aime. C'est tonique, à cause du vent et de l'iode. À la gare, ce matin je n'avais qu'à fermer les yeux et j'entendais la vague, le cri des mouettes, le froissement du sable sous ses pieds nus. Avec le froissement du sable sous ses pieds nus, peut-être que j'allais trop loin. Certes. Mais elle m'avait rendu fou. Il n'y a rien de plus humain que de devenir fou par amour.

« Je vous présente Marlène », annonçait le flic avec un geste que j'ai détesté.

Il lui avait pincé le sein. J'ai failli lui crier d'ôter ses grosses pattes du corps aimé. Mais c'eût été ridicule. Quand il lui a passé la main aux fesses, en clignant de l'œil d'une manière obscène, je me suis senti tenu de réagir.

« Vous ne craignez pas de laisser des empreintes sur une pièce à conviction ? » j'ai dit.

Il rigolait, discrètement. S'éloignait déjà. Haussait les épaules. Hochait la tête, un bruit navré dans la bouche.

« Regardez, c'est amusant », il a fait en ouvrant un cahier d'écolier sous mon nez.

C'était la vie de Marlène. Pas seulement de Marlène : de tous les personnages. Mais il l'avait ouvert à la page de Marlène. J'ai poussé un soupir de soulagement. Elle était née il y avait moins d'une semaine. Tout était inscrit dans un ordre parfaitement administratif. Elle habitait l'Hôtel du Lion d'Or. Elle m'avait rencontré, moi, en échange de trois billets. Il y avait le détail de tout ce que nous avions fait ensemble. De tout ce qu'elle m'avait dit. De ce que je lui avais dit. Les mots « fellation » et « coït anal » étaient soulignés. Un véritable travail de comptable. Le flic rigolait toujours. Il avait ses raisons, sans doute. J'avais envie de lui mettre ma main dans la figure.

« Touche Onassis, il a baragouiné, je me demande ce que c'est… »

Ce n'était pas à moi de lui expliquer. Il n'y a jamais rien eu entre moi et le con. C'est avec Marlène que j'ai couché. J'ai couché avec elle de bonne foi. Aucune ambiguïté. Je sais ce que je fais. J'ai fixé le flic dans les yeux. Et je ne lui ai rien dit, parce que vraiment, ce n'était pas la peine. Le souvenir que je garderais, ce serait celui de Marlène, pas celui du con déguisé en Marlène. Je suis prêt à casser la tête à toute personne qui serait tentée de mettre mon honnêteté en doute. J'aime Marlène. Je sais que je la retrouverai. Un jour. Loin de cette mascarade.

Le flic a ouvert un tiroir dans lequel il y avait sept huit téléphones.

« Je suis au courant, j'ai dit. J'ai essayé d'appeler les flics, les pompiers, les urgences de l'hôpital. À chaque fois, c'est lui qui répondait.

— Vous avez marché, il a ricané.

— C'était fait pour », j'ai bredouillé, vexé d'être pris pour un imbécile.

Il prenait toutes les voix qu'il voulait, le con. Il menait le cirque à longueur de journée. Je me souvenais de la fois où il faisait l'amour avec Odette. Et dans la voiture, pendant que j'étais dans le coffre. J'entendais encore leur conversation. Le con. Toutefois, il avait été tout louanges avec moi, ce jour-là. Il savait que j'essayais de le rouler et il se vengeait en me roulant encore mieux. Le con. Il n'y a pas d'autre mot. Le con. Mais il m'avait à la bonne, puisqu'il disait du bien de moi. C'est pas si fréquent qu'on m'apprécie à ma juste valeur.

« Il fourguait du vent, a continué le flic. Pas mal pour un artiste du téléachat, non ? »

Il ne se trompait pas de beaucoup. Mais quand même. Moi j'aurais fichu toute la télé dans le même sac de vent. Et tous les gens qui la font. Et toute cette époque où les paillettes semblent plus lumineuses que la lumière. Une chance que la productivité nous ait sauvés des speakerines. C'est peu, mais c'est toujours ça de gagné.

On est redescendus d'un étage. On a traversé la grande pièce, avec tous ses livres, tous ses tableaux.

« Les livres, faux, il a annoncé. Les tableaux, faux. »

Devant ma stupéfaction, il s'est fendu d'une dissertation historique. En gros, je résume :

« Les tableaux n'ont pas toujours été faux. La famille Dinguet avait rassemblé une assez belle collection. Jacques Cageot-Dinguet les a vendus au fur et à mesure de ses besoins et les a remplacés par des faux, d'ailleurs assez rudimentaires.

— J'avais remarqué », j'ai dit pour ne pas passer pour un béotien. On n'est jamais un béotien quand on connaît le mot béotien et ce qu'il signifie.

« Pareil pour les livres, il a dit le flic. Du faux. Rien dedans. Pas même des pages blanches. Du vide. De la reliure au mètre.

— Même pas de bonne qualité », j'ai dit pour m'en mêler un peu.

Il m'a jeté un coup d'œil ahuri. Puis, il s'est retourné vers la commode. Il avait la clef. Il a ouvert une porte. Des tas de beaux billets ont apparu. J'ai serré mon sac contre moi.

« Faux, il a dit. Tout juste bons à allumer le feu. »

Il les a remués, avec un air triste. Pas aussi triste que le mien.

« On dirait des vrais, j'ai dit pour défendre une minute d'illusion.

— Faux. Tous faux. Même pas tellement bien imités.

— On s'y tromperait quand même, j'ai dit encore.

— Oui, bien sûr. Mais seulement les gens qui n'ont pas l'habitude d'en avoir dans les mains. »

Ça m'a fichu le cœur dans un étau. J'ai beau être un dur, j'avais envie de pleurer. Les larmes me remontaient du fond du ventre. Elles étaient coupantes comme des lames de rasoir. Elles me fendaient les chairs, les endroits les plus sensibles, le foie, les reins, les poumons. Mes mains se sont crispées sur mon sac en plastique. Tout ce pognon que je perdais après avoir perdu Marlène. La vie est vraiment une saleté.

« Tout est faux dans cette maison, a continué le flic. Elle est conçue comme un théâtre. Un couloir en fait le tour. On peut en sortir par une porte, rentrer par l'autre, monter un étage, en descendre un sans se faire remarquer. C'est très bien fichu. »

Il ne m'apprenait rien. À la limite, j'aurais préféré ne rien savoir de ce que je venais de découvrir. Dans cette histoire où tout était faux, j'étais le seul à être vrai. C'est souvent le cas quand on est con et qu'on prend les autres pour des cons. Plus jamais je ne dirai que Jacques Cageot-Dinguet est con. Il est loin, en route vers de nouvelles aventures. Il tombera sur des types comme moi. Il y en a partout. Il pourra s'amuser. Il avait dû de longue date prévoir des solutions de repli. À l'heure qu'il était, il remontait son petit théâtre ailleurs, dans une autre ville. Peut-être même ici. Pas loin. Il s'était peut-être installé à l'Hôtel du Lion d'Or. Sous l'identité d'une autre Marlène. Ou bien il vendait des encyclopédies à l'entrée d'un supermarché. Il avait emporté le pognon, le vrai. S'il avait été vraiment un grand seigneur, il m'aurait laissé un petit paquet de billets. Pour mes frais. Qu'est-ce que j'allais devenir ?

J'étais déboussolé. Le flic a proposé de me faire redescendre en ville en camionnette. Mais j'ai choisi de marcher. C'est très beau, à la fin d'une histoire, un homme qui marche seul dans les rues, le soir, la tête basse, comme portant tout le poids des malheurs du monde. Je n'ai pas pu m'empêcher de prononcer à plusieurs reprises le doux nom de Marlène. Il sonnait toujours aussi juste à mes oreilles et à mon cœur. Le souvenir venait avec. Le désir aussi. Si j'avais su. Mais je ne veux pas savoir. Je vais entretenir l'illusion. Le bonheur est là, dans le mensonge. Tant pis s'il ne dure pas toujours très longtemps. J'ai connu Marlène. Nous avons vécu trois heures d'amour et de folie charnelle. On ne m'enlèvera jamais ça de l'esprit.

Pas un sou. Pas d'endroit où dormir. Il a bien fallu que je me résolve à aller frapper à la porte de Karine.

« Qu'est-ce que tu fous là, gros nase ? »

Ce fut par ces mots, bien à elle, qu'elle m'a accueilli. Elle était fagotée comme pour une fête patronale. Elle avait enfilé ses cuissardes, son ras de touffe, son débardeur le plus exigu. Elle s'apprêtait à sortir ou à recevoir quelqu'un. On est vite oublié.

« Je t'ai vu à la télé, c'est tout un bordel, ce truc ! » qu'elle a dit en me laissant entrer.

Elle n'était pas totalement au courant. La presse n'était pas allée dans les détails. Elle savait juste qu'on avait retrouvé une trentaine de cadavres et que j'étais le principal témoin.

« Y a que toi pour te foutre dans des merdes pareilles ! »

C'était un reproche. Plutôt méprisant. Il fut suivi de récriminations diverses et d'injures, comme quoi ce n'était pas des choses à faire, de disparaître, de laisser les gens sans nouvelles, qu'elle pensait que j'avais émigré, que je cherchais du travail en Australie, des conneries, qu'elle s'était donc considérée comme une femme abandonnée.

« Tu me connais pourtant, j'ai dit. Je suis basé sur l'idée de gauche. J'abandonne pas les femmes. Je suis de confiance. »

Elle a toussé grassement. C'était sa manière de manifester son ironie. Elle n'avait pas l'air heureuse de me voir. J'ai demandé si elle n'avait pas une canette à mon service. Elle m'a fusillé du regard.

« Tu sais que j'aime pas les mecs qui picolent ! » elle a beuglé.

Elle avançait sa grosse figure menaçante vers moi. Elle sentait la bave et le rouge aux lèvres. Ça m'excitait. Le fougnant y était. Ça ne se commande pas. Je m'étais fait bouillonner les sangs avec Marlène. Je ne pouvais pas rester en l'état.

« C'est pas pour picoler, j'ai dit. C'est juste que j'ai soif.

— Je te connais, si t'avais soif pour boire, ça irait. Mais t'as toujours soif pour picoler.

— C'est que j'ai des trucs à te raconter. Tout de même, j'ai vécu des choses que tout le monde ne vit pas.

— Je crois qu'on n'aura pas le temps ce soir, elle a dit. T'es pas dans mes prévisions. »

Sur quoi, elle m'a invité, dans son langage, à aller déféquer à une certaine distance d'elle. Le sang m'est monté à la tête. Jacques Cageot-Dinguet ne s'était pas bien conduit avec moi. Mais Karine se conduisait bien plus mal que lui.

« T'avais qu'à pas te barrer, elle m'a dit fielleusement en me soufflant dans les narines. Moi j'ai pris des dispositions. »

Plus elle gueulait, plus j'avais envie d'elle. Le fougnant n'en finissait pas de fougner. J'ai souri, sans me forcer. On allait passer aux exercices d'explication de texte.

« Je me suis pas barré, d'abord, j'ai commencé. Tu m'as dit de prendre la porte et de ne revenir que lorsque j'aurai gagné du pognon. J'ai obéi. »

J'ai balancé le sac plastique sur le canapé. Les billets en ont coulé comme un début de rivière. C'était magnifique à voir. Karine a failli tomber sur ses fesses. Son extra serrant débardeur allait péter une couture.

« Qu'est-ce que c'est que ça ? qu'elle a soufflé, les yeux comme des ronds de cuisinière.

— Le pognon que tu voulais, j'ai dit, princier, en me grattant la braguette.

— Mais y en a un tombereau, mon fumier ! » elle s'est exclamée.

La vue du pognon la rendait émotive. Elle faisait celle qui essayait de reprendre son souffle. Puis, elle a avancé la main, elle a tâté. Elle n'avait jamais vu ça. Elle ne se souvenait plus de sa naissance, mais elle sentait qu'elle était en train de voir le jour.

« Putain ! Saloperie ! » elle a dit, sans mâcher ses mots.

Ça voulait dire : « Quelle merveille ! » Pas besoin d'être gynécologue pour diagnostiquer qu'elle avait terriblement envie de moi. Elle m'a sauté au cou. Elle m'a fourré sa langue dans la bouche. Pour me remercier. Je l'avais mérité. Elle m'aimerait aussi bien, aussi fort là-dessus que sur du vrai pognon. C'est ça, la magie du théâtre. Le Jacques, il m'avait appris bien des choses. Je pensais déjà à la suite, qui ne serait pas simple. En attendant, on s'est roulés dedans, heureux comme dans du vrai.

DU MÊME AUTEUR

Composition Nord Compo
Impression Novoprint
le 07 août 2006
Dépôt légal : août 2006

ISBN 2-07-033934-3/Imprimé en Espagne.